KB050570

권왕의
레이드

# 권왕의
# 레이드 7 완결

**초판 1쇄 인쇄일** 2016년 11월 15일 | **초판 1쇄 발행일** 2016년 11월 17일

**지은이** 장쯔 | **펴낸이** 곽동현 | **담당편집 팀장** 이범수
**편집부** 신연제 이윤아 홍현주 김유진 임지혜

펴낸곳 (주)조은세상 | 출판등록 제2002-23호
주소  경기도 연천군 미산면 청정로 1355
TEL 편집부 02)587-2966 | FAX 02)587-2922
e-mail bukdu@comics21c.co.kr

장쯔 ⓒ 2016
ISBN 979-11-5832-700-2 | ISBN 979-11-5832-593-0(set) | 값 8,000원

※잘못 만들어진 책은 바꿔 드립니다.
※저자와의 협의에 의해 인지는 생략합니다.

# 귀왕의 레이드

NEO MODERN FANTASY STORY & ADVENTURE

장쯔 현대 판타지 장편소설

7
완 결

북두
(주)좋은세상

# CONTENTS

44. 황제 이지후(2)

"아까 내가 한 말을 잊었느냐?"

지후는 근엄한 말투로 말을 하며 남궁지학에게 다가갔다.

남궁지학의 눈동자가 급격하게 떨리고 있는 게 혼란스러워 하고 있다는 사실이 지후에게 보이고 있었고 그걸 놓칠 지후가 아니었다.

'쉬운 길을 놔두고 돌아갈 이유가 없잖아?'

"하… 할아…버지…? 정말 환이 할아버지…세요?"

웃긴 모습이긴 했다.

40대의 아저씨가 20대의 청년에게 할아버지냐며 존댓말을 하고 있었으니까.

9

정신병자 소리를 듣기에 딱 좋은 모습이었지만 그들의 모습은 너무나 진지해 보였다.

"오늘은 육포가 없구나."

지후는 남궁지학의 코앞까지 다가갔다.

육포라는 말에 남궁지학의 눈가에는 눈물이 그렁그렁 고였다.

자신의 영웅이, 무신이 나타났다.

추억이 아닌 진짜가 되어.

"할아버지… 흑….."

그 모습으로 울지 마라. 흉하니까.

나 20대 청년이다.

"전생을 믿느냐?"

"네…?"

"이리 가까이 오너라. 안아보자꾸나."

지후가 남궁지학을 향해 양팔을 벌렸고 남궁지학은 눈물을 흘리며 지후에게 안겨왔다.

눈물의 상봉이 이루어지려던 그 순간!

짜악!

엄청난 소리가 전쟁터에 울려 퍼졌다.

'추억팔이는 나중에… 하자꾸나… 할애비 바쁘다. 그리고 남자랑 안는 취미 같은 건 예전에도 없었고 지금도 없구나.'

지후의 양 손바닥이 남궁지학의 양쪽 관자놀이를 가격하며 함몰시켰고 남궁지학은 두 눈을 부릅뜬 채로 스르륵 무너졌다.

　죽지는 않았지만 조금 심하다 싶을 정도로 함몰이 되어 있었다.

　미안한 마음이 들었지만 어쩔 수 없었다.

　비겁하다고 욕해도 좋다.

　지금은 차원전쟁 중이었고 자신은 황제였다.

　추억을 나누며 지체할 시간 따위는 없다.

　그러는 순간에도 이지제국의 병사들은 죽어갈 테니까.

　'나중에… 일단은 이 전쟁이 끝나면… 그때 얘기하자. 미안하다. 그때까진 좀 쉬고 있거라.'

　지후는 자신을 바라보고 있는 병사들과 윌로드를 향해 입을 열었다.

　"저기 쓰러져 있는 적들을 모두 감옥에 가둬라."

　"저들은 모두 죽은 게 아니었습니까?"

　"한명도 안 죽었어. 내가 죽지 않을 정도로 조절했거든."

　"그렇다면 죽여야 하지 않습니까? 저들이 깨어난다면…."

　"살려둬. 치료는 해주지 말고. 나중에 우리 식구가 되면 그때 치료해 주자고."

윌로드는 지후의 말이 무슨 의미인지 알았기에 입가에 미소를 지으며 고개를 끄덕였다.

역시 자신이 모시고 있는 황제는 그릇 자체가 달랐고 뛰어났다.

전쟁에서 승리하고 저들을 백성으로 얻을 생각을 벌써부터 하고 있었다니.

자신이라면 후환이 두려워 모두 죽였을 것이다.

하지만 황제는 미래를 내다보고 있었고 적들을 모두 가두라 명령했다.

저들은 분명 뛰어나다.

아마도 이 전쟁이 승리로 끝난다면 이지제국의 무력이 한층 더 성장할 것이라고 확신하며 윌로드는 지후가 열어 준 게이트를 통해 포로들을 감옥으로 이송시켰다.

윌로드는 지후와 적이 나누던 대화에 대해서 물어보고 싶은 게 너무나 많았지만 묻지 않았다.

지금은 그런 걸 물어볼 정도로 여유가 없었기에.

그리고 충성스러운 부하라면 그저 믿고 따라야 한다고 생각했기에.

자신의 궁금증은 전쟁이 끝나면 자연스럽게 풀리리라 생각하며 윌로드는 지후를 향한 존경심과 충성심을 더욱 키워갔다.

무림인들과 대부분들의 적들을 포로로 사로잡은 북문은 안정적으로 공성전을 벌이기 시작했고 지후는 그것을 보며 고개를 끄덕이며 게이트를 통해 남문으로 향했다.

　남문에 도착하니 기대이상으로 잘 막아내며 대형을 유지 중인 이지제국의 병사들이 있었다.

　적들은 서역인들과 마교인들이었다.

　이제는 마교도를 본다고 해서 피가 거꾸로 솟을 듯한 분노가 일어나거나 하지는 않았다.

　차원전장은 모두가 피해자인 곳이니까.

　자신도 적들도 그 누구도 이곳에 오고 싶어서 온 경우는 없었을 테니까.

　물론 방금 전 상대했던 소림과 모용세가, 남궁세가의 무인들을 상대할 때보단 주먹에 조금 힘이 더 들어가기는 했지만, 서역인들이나 마교인들도 모두 죽이지 않았다.

　마교는 예전만큼 강하지 않았다.

　30년이 흘러서 어느 정도 세력을 복원한 듯 보이긴 했지만 당시에 워낙 기둥뿌리까지 뽑혀버린 마교였기에 지금은 구파일방 중 하나정도의 세력을 형성하고 있는 마교였다.

　하지만 서역인들이나 세외 무림인들의 무공의 경지는 뛰어났다.

포탈랍궁이나 빙궁, 그리고 무카스를 연상시키는 듯한 남만야수림의 움직임은 지후를 흡족하게 만들었다.

이곳에만 해도 현경의 끝자락에 올라있는 무인이 셋이나 됐고 마교의 교주로 보이는 애송이도 현경의 초입이었기에 저들이 다 자신의 백성이 될 수도 있다는 사실을 생각하니 뿌듯하기 그지없었다.

무인으로서의 호승심이 피어났지만 나중을 기약하며 지후는 적들을 공격했다.

자신이 알고 있는 적들의 무공을 사용하며 적들에게 혼란을 유도하며 상황을 빠르게 마무리 지었다.

치사해 보일 수도 있었지만 그렇게 하지 않았다면, 도저히 죽이지 않고 빠르게 제압할 방법이 없었기에 지후는 적들의 무공을 펼치며 적들을 공략했다.

남문이 정리가 되자 지후는 게이트를 열고 동문으로 향했다.

남문과 달리 서문은 상황이 매우 급박하게 돌아가고 있었다.

겨우겨우 공세를 막아내고는 있었지만 이지제국의 병사들은 제법 많은 피해를 입고 있었고 막아서는 것도 한계에 봉착해 있었다.

구파일방과 오대세가, 그 외에 녹림도나 무림인들의 모습이 지후의 눈에 들어오고 있었다.

'샹! 여기에 전부 모여 있었네. 그럼 동문엔 혈마가 있는 건가?'

남궁지학이 말했던 대로 현경을 뛰어넘은 무인이 이곳에 둘이나 있었고 그들은 이지제국의 대열을 헤집어 놓기 위해 선봉에서 끊임없이 공격을 하고 있었다.

이지제국의 방어대형을 헤집어 놓기 위해 공격을 하는 백발의 노인은 무당파의 장문인으로 보였다.

그가 이지제국의 병사들에게 펼치고 있는 검법은 무당파의 태극혜검이었기에 지후는 한 눈에 알아볼 수가 있었다.

그리고 그 옆에 있는 젊은 여인이 아마도 화산파의 검후라 불리는 자일 것이었다.

20대 중후반으로 보이는 여인이었는데 여리여리 하면서도 가는 선의 몸매와는 다르게 그녀가 펼치는 십사수매화검법은 매화꽃잎이 마치 태풍처럼 날리는 듯 강렬한 모습이었다.

지후는 이지제국의 병사들의 피해가 더는 커지지 않도록 다급하게 달려가며 의지를 통해 적들의 공세를 막아 세웠다.

지후가 누군가를 죽이고자 마음을 먹으면 그것만으로도 누군가를 죽일 수 있다.

지후는 그런 경지에 올라 있었고 지금 적들에게 더는 움직이지 말라는 강한 의지를 보내고 있었다.

"갈!"

무당파 장문인과 화산파의 검후가 자신들을 얽매려 하는 뭔가를 느낀 건지 노성을 토해내며 그 의지를 튕겨내었다.

그 둘도 지후와 같은 경지에 올라있었기에 이것이 어떤 공격인지 알고 있었고 막아낼 수도 있었다.

그렇기에 방금 자신들을 공격한 자가 누구인지 바라보며 경악을 하고 있었다.

이런 공격을 할 수 있다는 것도 놀라웠지만 이런 공격은 실패를 하면 내상을 입기 마련이다.

하지만 달려오고 있는 적의 얼굴은 너무나 평온했고 여유가 넘쳐보였다.

전혀 내상을 입은 모습이 아니었기에 그 둘은 당황할 수밖에 없었다.

같은 경지지만 같은 경지라고 할 수 없을 정도의 격차가 지후와 그들의 사이에 존재했고 단 한수의 공방이었지만 그들이 그걸 눈치 채기엔 충분했다.

둘과는 다른 이유로 지후는 당황하고 있었다.

바로 화산의 검후의 얼굴을 보면서….

'설마… 아니겠지… 분명히… 나이든 아줌마의 모습이어야 할 텐데… 설마… 딸인가? 딸이라고 하기엔 또 나이가 많고… 그럼 반로환동…?'

화산의 검후의 얼굴은 지후가 익히 알고 있는 두 사람 중 하나였다.

남궁지환과 화산파의 곽수연.

지금 검후의 얼굴은 자신이 기억하는 수연이 곱게 나이를 먹었다면 하고 있을 법한 외모였다.

어렸을 때부터 천하제일미의 싹을 보였던 그 청초하고 아름다웠던 얼굴.

지금은 아영과 비슷한 나이로 보이는 외모였지만 지후는 화산의 검후가 수연이라는 사실을 눈치 챌 수 있었다.

그리고 경지가 있으니 저 외모를 유지하고 있는 것도 전혀 이상하지가 않았다.

'수연이가 아직 살아있었구나… 그리고 아주 훌륭하게 잘 자랐어.'

반면 무당파 장문인은 알 것 같은데 누군지 기억이 나지 않는 그런 인물이었다.

지금 그런 것이 중요한 게 아니었지만.

지후가 도착하자 이지제국의 병사들과 이곳을 막아서고 있던 아영과 소영이 지후의 등 뒤로 물러났다.

아영과 소영이 있기에 수연과 반가운 해후는 있을 수 없었다.

아니, 아영과 소영이 없었더라도 그런 건 나중이었다.

동문에서 심상치 않은 기운들이 느껴지고 있었기에 지후는 이곳을 빨리 정리하고 동문으로 가야겠다는 생각뿐이었다.

그리고 수연이 있기에 더욱 지후는 이곳을 쉽게 정리할 수 있을 거라는 생각이 들었다.

그녀는 남궁지환과 비슷한 과였으니까.

향수를 자극하면 되리라 생각하며 지후는 전신의 내공을 개방했다.

일단 압도적인 차이가 뭔지를 보여줘야 했다.

무당장문인과 검후는 지후가 개방한 엄청난 양의 내공에 뒷걸음질을 칠 수밖에 없었다.

지후가 가까워질수록 자신들을 짓눌러 버릴 것만 같은 압박이 옭죄어 오고 있었기에 지후와 멀어질 수밖에 없었다.

지후는 우선 무당장문인에게 경공을 펼치며 단숨에 날아갔다.

팡!

공기를 강타하는 듯한 소리와 함께 지후는 단숨에 무당장문인의 앞까지 거리를 좁혔다.

그 모습을 보며 무당장문인은 온 몸이 뻣뻣하게 굳어 버리는 걸 느껴야 했다.

눈앞의 적이 보여주고 있는 건 바로 무당파의 절기중 하나인 제운종이었다.

그리고 그 경공을 자신과 비슷하게 사용하고 있는 적의

모습에 너무도 놀라 장문인은 전쟁 중이라는 사실도 잊은 채 다가오는 적을 바라만 보고 있었다.

아차 싶어 다급하게 검막을 펼치려 했지만 검막을 펼쳐 보지도 못한 채 지후에게 일격을 허용할 수밖에 없었다.

제운종에 이어 지금 적이 내지르고 있는 권법은 무당파 의 양의권법이었기에.

검막을 펼치려던 장문인은 너무 놀라 검막을 펼치지도 못하고 그 공격을 허용하고 말았다.

이 정도 경지에 있는 자들의 싸움에 일격의 허용은 그야 말로 치명타였다.

일격이 들어감과 동시에 지후는 무당파의 칠성권과 태극 권 등을 사용하며 더욱 정신을 차릴 수 없도록 몰아 붙였 다.

보고 있는 정파의 무인들 모두가 그 모습에 경악을 할 수 밖에 없었다.

지금 적이 보여주는 무공이 무당파의 무공이라는 사실을 알기에 그 충격은 배가 되고 있었다.

사실 지후는 흉내를 내고 있을 뿐이었다.

지후는 어지간한 무공을 대부분 흉내는 낼 수 있었다.

깊이 있게 배우거나 하지는 않았지만 지금 지후의 경지 에서는 단 한번만 보고 따라 펼치는 무공도 어마어마한 파 괴력을 가지기에 눈으로만 봐서는 각 문파의 장문인들이 펼치는 절기와 견주어도 손색이 없을 정도였다.

지후도 그걸 알고 있었기에 적들이 제대로 생각할 틈을 주지 않고 몰아붙이고 있었다.

적들이 조금이라도 생각할 여유를 갖게 된다거나 파악을 한다면 이런 얄팍한 수는 먹히지 않을 걸 알기에 지후는 적들에게 틈을 주지 않고 공격을 퍼부었다.

지후의 공격에 의해 무당파의 장문인이 쓰러지자 검후가 다급하게 검을 찔러왔지만 지후의 갑옷조차 스치지 못하고 있었다.

이번엔 화산파의 경공인 신행백변을 사용하며 지후는 검후의 공격을 피해내고 있었고 그 모습에 검후는 당황을 금치 못했다.

"네놈은 대체 누군데 우리 화산파의 절기를 사용하는 것이냐!"

"수연아."

"……."

지후의 한 마디에 검후의 검이 잠깐이지만 허공에 멈추고 있었다.

"네놈이 어찌하여 본녀의 이름을 알고 있단 말이냐!"

지후는 대답하지 않았다.

그저 씨익 웃으며 직접 알아맞혀 보라는 듯이 보법을 밟으며 움직였다.

검후의 눈앞에 황보세가의 천왕보가 펼쳐졌고 그동안 보여주던 흉내 내기 식 무공과는 격이 다른 완성도의 움직임을 보여주며 지후는 검후를 농락했다.

지후는 일부러 공격을 할 수 있음에도 하지 않았다.

아직 수연이 긴장의 끈을 놓지 않고 있었으니까.

그랬기에 직접 공격을 하지 않았고, 할 수 있지만 하지 않는다는 모습을 보여주며 수연의 방심과 분노를 유도했다.

수연이 남궁지학처럼 빨리 눈치를 채길 바라며.

그 순간이 오면 마무리를 지으리라 생각하며 지후는 계속해서 그녀에게 황보세가의 무공을 보여주었다.

"감히… 감히… 본녀가 그분을 추억하게 하다니. 곱게 죽지는 못할 것이다 이놈!"

매화꽃이 사방으로 휘몰아치며 지후를 공격해 왔지만 지후는 무시로 일관할 뿐이었다.

수연의 이목이 자신에게 쏠린 것에 만족하며 지후는 넋을 잃고 바라보고 있는 정파의 무림인들에게 날아갔다.

그리고 더욱 수연이 과거의 추억을 생각할 수 있도록 황보세가의 무공을 펼치며 무림인들을 쓰러트려 갔다.

황보세가의 무공만이 아닌 권왕 황보지환이 자주 사용하던 소림의 백보신권이 무림인들을 향해 쉴 틈 없이 쏘아져 나갔다.

그 모습에 지후를 향해 달려들던 수연은 발걸음을 멈추고 검을 내려놓을 수밖에 없었다.

권왕 황보지환.

그는 무림인들에게 절대적인 존재였다.

그랬기에 무능하지만 그의 핏줄이라는 이유 하나만으로 그의 가문 사람은 무림맹주가 될 수 있었고 차원전장의 왕의 자리까지도 차지할 수 있었던 것이다.

그리고 남궁지학과 곽수연은 특히나 황보지환을 따랐던 인물들이었다.

다른 또래들과는 다르게 그 둘은 황보지환을 동경하며 따라다녔었다.

물론 두 사람의 마음속엔 각각 다른 마음이 자리하고 있었지만.

언제나 외롭고 정에 굶주렸던 황보지환이었기에 자신에게 살갑게 대하고 강아지마냥 따라다니는 두 사람을 챙겨주었다.

정마대전 동안 지후에게 많은 보살핌을 받았기에 그들에게 있어 지후는 할아버지라기 보단 가족이고 현실에 실존하는 무신이었다.

물론 지후가 환골탈태를 겪으며 어려보이는 외모로 할아버지 정도로 보이지 않았기에 조금은 그들과 더 친해지기 쉬웠을 수도 있지만.

"다… 당신은 대체 누구죠…? 대체 누구신데 그분을 이토록 따라할 수가 있단…."

지후는 드디어 물이 끓기 시작했다는 생각에 수연의 말을 끊었다.

이제 물이 끓고 있으니 라면을 투하할 차례였으니까.

"수연아."

지후의 한 마디에 수연의 동공은 거세게 흔들렸다.

그걸 먼발치에서 바라보고 있는 아영과 소영의 동공도 세차게 흔들렸다.

'지후씨! 지금 대체 뭐하는 거예요! 또 그 버릇 도지는 거예요…?'

'오빠 지금 전쟁 중인데… 그리고 우리가 뒤에서 두 눈을 시퍼렇게 뜨고 있는데! 어떻게….'

아영과 소영의 간절한 눈빛은 지후에게 전달되지 않았고 지후는 눈앞의 검후에게 무방비 상태로 다가갔다.

지후는 분명히 무방비 상태의 모습이었지만 가까워지면 가까워질수록 오히려 수연은 잔뜩 움츠리며 긴장을 하고 있었다.

"수연아. 오랜만이구나."

"대… 대체 누가… 당신에게…."

"할애비를 몰라보다니 너무 섭섭하구나. 난 수연이와 당과를 먹던 그때를 여전히 잊을 수가 없는데 말이다."

"지…환… 할아버지…?"

"오냐. 잘 지냈느냐? 몰라보게 자랐구나. 수연아."

믿을 수 없는 사실이지만 믿을 수밖에 없었다.

그가 보여준 권무는 자신이 기억하던 할아버지의 모습과 너무도 같았기에.

수연은 지후의 말에 눈물을 흘리며 지후의 품안에 얼굴을 박고 꺽꺽 울기 시작했다.

"할…아버지… 어떻게… 어떻게 된 거야! 훌쩍… 할아버지는 죽었잖아… 그런데 어떻게… 훌쩍."

눈물콧물을 흘리며 적장의 품에 안겨있는 검후의 모습에 무림인들은 당황을 금치 않을 수가 없었다.

검후가 누구인가?

수많은 남자들과 좋은 가문들의 혼담을 거절하고 오로지 검의 길만 걸었던 철혈의 여인이었다.

자신을 여인으로 보지 말라고 무림에 공표까지 했던 여인이 바로 검후였다.

자신은 화산의 검이자 무림의 검후가 될 것이라고, 자신은 평생 무인으로만 살겠다고, 여인이 될 생각은 없다며 모든 남자를 거절하고 무력으로 굴복시켰던 게 바로 검후 곽수연이었다.

그리고 그 말을 실현시킨 곽수연의 피나는 노력은 모든 무림인들에게 귀감이 되는 이야기였다.

피도 눈물도 없고 자신에겐 오로지 검의 길만이 있다고 말하던 철혈의 여인이 지금 적장의 품에 안겨 여인의 모습을 보여주며 눈물 콧물을 흘리며 엉엉 울고 있었다.

지켜보던 무림인들은 그 모습에 적지 않은 충격을 느끼고 있었다.

몇몇 무인들은 그동안 자신을 남자로도 보지 않았던 검후가 적장의 품에 안긴 채 눈물을 흘리는 모습에 자존심이 상했고 그녀를 우상처럼 생각하던 무인들에겐 너무나 큰 충격으로 다가왔다.

지후는 그녀를 달래는 척을 하며 수혈을 짚었다.

수연정도 되는 실력자가 점혈을 당하는 건 하려고 시도를 하는 것보다 어려운 일이었지만 지금은 그녀가 정신적으로 허물어져버린 상황이었기에 지후의 점혈에 아무런 저항도 하지 못하고 당할 수밖에 없었다.

이대로라면 얼마 지나지 않아 깨어날 것이기에 지후는 그녀의 몸에 내공을 불어넣으며 금제를 가했다.

억지로 풀려고 해도 일주일은 고생해야할 정도의 강력한 금제였고 그 금제를 걸기 위해 세이버팔찌에 있는 내공의 3할 가량을 쏟아 부어야만 했다.

아영과 소영은 지후와 적진의 여자가 포옹을 하자 당장이라도 달려가고 싶었지만 체면이 있어 겨우겨우 참아내고 있었다.

눈물을 흘리며 지후의 품에 얼굴을 부비는 모습에 두 사람은 결국 이성의 끈이 끊어져 버렸고 달려가 머리채를 잡으려는 찰나 그녀가 지후의 품에서 스르륵 허물어지고 있었다.

둘의 머릿속엔 설마 자신의 남편이 미남계를 쓴 것인가 하는 의문이 들었지만 직접 들어보기 전에는 알 수 없었기에 지후의 곁으로 달려갔다.

지후는 도끼눈을 하고 달려오는 아영과 소영을 바라보며 혀를 차며 두 사람에게 수연을 던져주었다.

"감옥으로 보내."

아무렇지도 않게 태연하게 말을 하는 지후의 모습에 아영과 소영은 뭐라고 말을 꺼내야 하나 말문이 막혔다.

한마디 하려고 했는데 너무 당당하게 아무렇지도 않게 행동하니 오히려 자신들이 이상한 사람인 것 같은 기분이 들었다.

"네?"

"오빠… 그게 무슨?"

"가둬 두라고. 다른 녀석들도 전부."

그제야 아영과 소영의 기감에 쓰러져있는 모든 적들이

죽은 게 아니라 기절을 한 것이라는 사실을 알게 되었고 지후가 갑자기 이러는 이유를 알 수가 없어 두 사람은 너무나 혼란스러웠다.

"나중에 다 말해줄게. 지금 이러고 있을 시간이 없다는 거 알지?"

두 사람도 상황을 알고 있었고 동문 쪽에서 들려오는 다급한 무전 소리에 물어보고 싶은 게 한가득이었지만 꾹 참고 고개를 끄덕일 수밖에 없었다.

두 사람이 고개를 끄덕이자 지후는 남아있는 무인들의 한 가운데로 파고들어 순식간에 모두를 제압해 서문의 상황을 종결지었다.

이제 적당히 공성전을 펼치며 방어를 유지하기만 하면 되니 군단장들에게 이곳을 부탁하며 아영과 소영과 함께 게이트를 통해 동문으로 이동했다.

동문은 그야말로 아수라장이었다.

아직 진영은 유지하고 있었지만 대부분이 적들의 공격에 속수무책으로 밀리고 있었다.

적들은 지후의 예상대로 혈교였다.

거기에 체계적인 훈련으로 단결되어 있는 황군까지 함께였다.

그리고 아까 느꼈던 것처럼 그들 말고도 위협적인 적들이 무림인들의 뒤에서 흉흉한 기세를 풍기고 있었다.

지후는 그들이 누군지 알 수 있었다.

지구에서도 비슷한 종족을 적으로 마주했던 적이 있었으니까.

지후의 기억대로라면 적들은 마족이었고 그들이라면 남궁지학이 했던 말처럼 싸움에 미친 종족이 맞았다.

지후가 나타나자 지후의 기운을 느낀 것인지 적들의 시선이 모두 지후에게 쏟아졌다.

지후는 쏟아지는 시선 속에서 가장 강한 기운을 가신 두 기운에 집중하고 있었다.

하나는 혈교의 교주인 혈마였고 다른 하나는 마족으로 보이는 자들의 수장이었다.

마족들의 수장으로 보이는 자는 팔짱을 낀 채로 지후를 바라보며 미소를 짓고 있었다.

직접적으로 그 둘의 기운을 느끼자 지후는 초조한 기분이 들었다.

과연 둘의 합공을 막아낼 수 있을까?

둘 다 자신과 같은 경지였기에 지후는 온몸의 털이 곤두서는 듯한 긴장감에 휩싸이고 있었다.

'혈마는 나보다 한수에서 반수정도 아래다. 반면 적의 수장은… 나와 동수로군. 젠장….'

한수나 반수 아래인 혈마 조차도 지금 이 장소라면 자신보다 결코 약하지 않을 가능성이 컸다.

혈마의 무공은 피가 넘쳐나는 전쟁터에서 빛을 발하는 무공이니까.

그리고 지금 이곳은 전쟁터였고 곳곳엔 피가 넘쳐흐르고 있었다.

그야말로 혈마를 위한 곳이었기에 그걸 알고 있는 지후로서는 꺼려지는 상대였다.

이길 수 없어서가 아니다.

다만 혈마와의 전투는 시간이 걸릴 전투였고 그 시간동안 이지제국의 병사들이 적들을 막아낼 수 있을지가 걱정이었다.

문제는 혈마 뿐만이 아니었다.

적들의 수장으로 보이는 자는 자신과 동수로 보이지만 아직 부딪혀보지 않았기에 어떤 유형의 전투를 하는지 파악을 할 수 없었다.

남궁지학의 말에 의하면 일대일 대결을 할 것이라고 예상을 할 수 있었지만 수세에 몰린다면 어찌 나올지 장담을 할 수 없었기에 누구 하나에게만 집중하며 싸울 수도 없는 상황이었다.

전장은 긴장감과 함께 고조되며 싸늘한 침묵이 흐르고 있었다.

희한하게도 지후의 등장과 함께 양쪽의 공방은 멈췄고 적들은 섬뜩한 눈빛과 호기심이 가득한 눈빛이 뒤섞인 상태로 지후만을 노려보고 있었다.

이지제국의 병사들은 적들의 공격을 막느라 턱 끝까지 차오른 숨을 내쉬며 호흡을 가다듬고 있었다.

침묵도 잠시 혈마가 지후를 향해 기세를 끌어올리며 적의를 드러내고 있었다.

강자를 보면 호승심이 드는 것은 무인의 본능이었고 혈마는 그 본능에 이끌려 지후를 공격하기 위해 기운을 끌어올리고 있었다.

혈마의 주변으로 주변에 흩뿌려져 있던 핏방울들이 모여들고 있었다.

시냇물이 모여 강물을 이루듯이 혈마의 주변으로 피의 강이 만들어지고 있었고 혈마는 지후만을 노려보고 있었다.

한껏 끌어올린 기세를 폭발하며 공격을 하려던 혈마의 호승심은 단 한마디에 의해 허무하게 멈출 수밖에 없었다.

차원전장의 절대적인 룰.

주인과 노예.

단 한마디에 혈마는 끌어올리던 기운을 갈무리하며 고개를 숙여야만 했다.

"멈춰라. 저놈은 내 몫이다. 너희에게 어느 정도 자유를 허락했다고 하지만 내 여흥거리를 가로채는 것을 허락한 적은 없다."

혈마는 주인의 말에 자신이 노예의 신분이라는 사실을 다시 한 번 깨닫고는 고개를 숙이며 뒤로 물러섰다.

'이거 생각보다는 일이 잘 풀리는데? 당장 협공을 걱정할 필요는 없다는 건가? 그래도 만약의 상황은 대비해야겠지.'

처벅. 처벅.

쇳소리를 내며 혈마를 제지한 자가 적진의 가장 앞으로 걸어 나오고 있었다.

그가 움직이자 마치 모세의 기적이 일어나듯 그가 걸어갈 길이 열렸다.

당연하다는 듯이 오만하고 당당하게 느리지도 빠르지도 않은 걸음걸이로 여유 넘치게 걸어오며 사방으로 자신의 기운을 흩뿌리고 있는 자는 바로 적들의 수장이자 혈마의 주인이었다.

검은 피부.

흑인과는 엄연히 다른 색이다.

말 그대로 검정의 피부에 이마의 양쪽에는 두 개의 뿔이 하늘을 향해 솟아나 있었고 등 뒤에는 마치 박쥐를 연상시키는 한 쌍의 날개가 돋아나 있었다.

그리고 2미터가 약간 넘어 보이는 키와 단단해 보이는 전신엔 휘황찬란한 갑주가 도배하고 있었다.

보는 것만으로도 오금이 저리는 것 같은 불쾌한 기분이 들게 만드는 위압감을 뿜어내는 적의 수장의 기운은 흉폭함 그 자체였다.

"나는 마왕 데이블이다. 더 이상 질질 끌지 말고 나와 대결하자! 인간의 왕이여!"

자신을 마왕이라 소개한 적의 수장은 지후와의 일대일 대결을 요구하고 있었다.

'기운을 아주 질질 흘리는 군.'

지후가 보기에 마왕이란 자가 강한 건 맞았다. 하지만 혈마보다 까다로운 상대라는 생각은 들지 않았다.

그가 지금 흘리고 있는 기운 때문이었다.

자신감이 넘쳐 흐른다고 할 수도 있었지만 저건 그냥 제대로 갈무리를 하지 못하는 것이었다.

자신의 기운조차 제대로 통제하지 못하는 적을 상대로 이기지 못할 거란 생각은 전혀 들지 않았다.

그렇다고 만만한 상대는 절대 아니었다.

흘러넘치는 난폭한 기운은 지후가 진심으로 모든 걸 걸고 전력을 다해서 싸워야만 한다는 것을 알려주고 있었으니까.

마왕을 바라보며 지후의 피는 아주 뜨겁게 끓고 있었다.

마족이나 무림인이나 몇 가지 공통점이 있다.

강자존!

그리고 자신의 강함을 증명하는 것과 강한 상대에 대한 열망은 무림인이라면 어쩔 수 없이 가지고 있는 본능과도 같았다.

오늘 지후는 마왕의 노예가 된 무림인들을 보며 감춰왔던 본능과 추억들이 모두 깨어나고 말았고 마왕을 보자 그 본능이 제대로 고개를 치켜들고 있었다.

마왕의 말에 화답이라도 하듯이 지후는 한걸음 앞으로 나가며 입술을 씰룩이고 있었다.

"오빠… 안 돼요."

"이런 두근거림… 난 이 두근거림이 너무나 좋아."

'잊고 지내고 싶었는데 말이야. 끊을 수 없는 마약 같다고 해야 할까? 강자와의 전투는 내가 살아있음을 느끼게 해준단 말이지. 무인들만 만나면 끓어오른단 말이지. 오늘따라 천마 생각나네.'

"하지만 지후씨는 황제에요. 혹시 잘못되기라도 하면… 이건 비무가 아니에요. 생사투라고요! 오직 삶과 죽음만이 있는. 왕과 왕의 대결. 살아남는 것은 한 쪽만이 가능한 그런 전쟁이라고요. 지난번에는 혼자 새벽에 나가서 싸우고 오시더니 오늘은 우리를 두고 적장과 일대일로 싸우신다고요?"

아영과 소영이 지후를 말리는 대도 이유가 있었다.

지후가 이기기만 한다면 전쟁으로 입을 피해도 줄일 수 있고 강한 백성들을 큰 출혈 없이 얻을 수 있는 최고의 기회였다.

하지만 적의 수장이 풍기는 기운은 너무나 음산하고 난폭했다.

기운을 느끼는 것만으로 온몸이 찢겨질 것만 같은 거친 기운은 너무나 어둡고 불길했다.

그랬기에 아영과 소영은 지후를 필사적으로 말리고 있었다.

"나도 누군가에게 질 수도 있다고 생각해."

"그럼 왜? 대체 왜 싸우겠다는 거예요! 우리는 당신의 병풍이 아니에요. 이지제국의 병사들은 당신을 지키고 함께 승리하고자 존재하지. 당신의 뒤에 숨어있기 위해 존재하는 게 아니에요. 그동안 우리가 땀을 흘리며 했던 연습은 당신이 갑작스럽게 죽어버리고 노예가 되어 고기방패가 되기 위한 게 아니라고요!"

아영의 말에 내심 감동을 받은 지후는 만족스러운 미소를 지으며 아영의 머리를 쓰다듬었다.

"그런데 오늘은 아니야. 그리고 내가 지금 이길 수 없는 적은 세상에 둘밖에 없었어."

지후가 두 사람을 바라보며 말을 하자 두 사람은 어이가 없다는 표정을 지으면서도 볼을 붉혔다.

언제 우리가 이겼다고…?

두 사람은 걱정이 되면서도 지후의 말에 믿음이 갔고 지후의 승리를 기도하며 응원할 수밖에 없는 입장이었다.

지후의 눈빛은 이미 결심을 굳히고 있었고 물러설 생각이 없어 보였다.

두 사람은 할 수 없이 쿨하게 응원을 하며 지후를 보내줄 수밖에 없었다.

"하여간 능글맞아가지고."

"그러게. 요즘 점점 예전 기질이 다시 나오는 것 같지? 잠깐 점잖아 졌다고 생각했었는데."

"사람이 갑자기 변하면 죽어. 그래서 조금씩 바뀌려고."

"어련하시겠어요."

"다치지 말고 돌아오세요."

이 세상에서 단 두 사람만이 할 수 있는 내조가 모두의 앞에서 펼쳐졌고 지후는 괜히 부끄러운 기분이 들었지만 만족스러운 기분이었다.

모두가 보는 앞에서 받은 키스는 왠지 평소보다 짜릿했다.

강자와의 전투를 앞에 두고 있었기에 느끼는 설렘인 건지 아영과 소영에게 느낀 설렘인지는 알 수 없었지만 지후는 적의 앞에 섰다.

"늦었군. 유언은 다 남기고 왔는가?"

"그건 내가 물을 말이로군."

자 일단 슬슬 긁어볼까?

"네가 강한 건 인정하지. 소문이 자자하더군. 승승장구하는 인간이라고. 하지만 말이야, 넌 인간이고 난 마족이지. 마족은 전투에 특화된 종족이야. 나는 5천 년간 싸우고 또 싸웠지. 그런 나와의 전투에서 죽는 것을 영광인줄 알거라."

"지랄하고 있네. 넌 싸움을 입으로 하냐? 아가리 파이터야?"

지후는 만렙의 도발스킬 보유자답게 마왕의 심기를 살살 긁기 시작했다.

"하하하. 말이 과하군."

"꼴값 떨고 있네. 어디서 하대야? 몇 대 맞으면 눈물콧물 질질 짤 녀석이 어디서 주둥이 질인데?"

"하. 하. 하. 하. 하. 그대를 인정하지만 참으로 건방지군."

마왕의 입가의 미소는 어느새 사라져 있었고 당장이라도 으깨버리겠다는 싸늘한 시선으로 지후를 바라보고 있었다.

"착각하지 마. 이건 자신감이자 확신이야. 넌 오늘 죽어. 무슨 자신감으로 나한테 일대일로 싸우자고 했던 건지 조금만 지나면 후회하게 될 거야."

'굳이 알지도 못하는 네놈이 세상과 작별하는 지름길을 택하겠다는데 말릴 필요는 없겠지.'

지후의 말이 끝남과 동시에 마왕의 주먹이 지후를 향해 수직으로 내리 꽂혔다.

전투의 개시를 알리는 엄청난 소리가 차원전장에 울려 퍼지고 있었다.

콰앙!

그저 내리친 주먹으로 보였지만 그 파괴력은 너무나 엄청났다.

축구장 크기 정도의 크레이터가 그저 내리친 단 한 번의 주먹에 의해 생성이 되어 있었기 때문이다.

엄청난 충격파와 함께 돌무더기들이 마왕군과 이지제국의 병사들을 덮쳤고 양쪽 진영은 빠르게 후퇴하기 시작했다.

본격적으로 전투가 시작되면 얼마나 큰 충격파가 일어날지 예측조차 할 수 없었기에 양쪽 진영은 미련 없이 물러나고 있었다.

이런 일을 겪는 것이 한두 번도 아니었기에 후퇴는 일사분란하게 이루어지고 있었다.

'휴우~ 힘이 아주 장사네. 아주 장사야. 맞으면 아주 골로 가겠는데. 인사를 받았으니 나도 해야겠지. 그게 동방예의지국 출신의 청년으로서의 매너겠지.'

지후의 오른 주먹엔 황금빛 권강이 찬란한 빛을 뿜어내고 있었다.

단 한 번의 정권.

단순한 정권 찌르기였지만 그 위력은 마왕이 내리친 주먹 못지않았다.

마왕은 지후가 자신에게 이정도로 격한 환영인사를 할 수 있을 정도의 실력자라고는 생각하지 않았기에 지후의 인사를 받으며 약간의 당황스러움을 느꼈다.

하지만 그 약간의 당황스러움보단 차원전장이 자신에게 주는 싸움에 대한 희열이 더욱 컸기에 만족스러운 미소를 짓고 있었다.

강자를 짓밟는 것만큼 재밌고 쾌감을 주는 일이 어디 있겠는가?

식욕도, 성욕도 강한 상대와의 싸움만큼 흥미롭지는 않았다.

자신의 세상에서는 누구도 자신에게 이를 드러내는 적이 없었기에 오직 권좌에서 군림하며 지루한 나날을 보내며 갈증을 느낄 수밖에 없었다.

그런 그에게 차원전장은 그야말로 오아시스 그 자체였다.

강자가 즐비했고 이곳의 법칙은 누구도 자신과의 싸움을 피할 수 없었으니까.

그런 강자들을 자신의 발로 짓밟을 때의 쾌감이란 이루 말할 수 없었기에 마왕에게 차원전장은 꿈만 같은 세상이었다.

그리고 오늘은 그동안 싸웠던 그 어떤 적보다도 싱싱한 적이 나타난 것 같았기에 마왕의 전신엔 주체할 수 없는 흥분감이 감돌고 있었다.

짓밟고 유린하고 싶다는 생각이 몸과 마음에 가득해지자 마왕은 지후를 향해 본격적으로 자신의 감정을 표출하기 시작했다.

쉬이익~ 펑!

주먹이 지나칠 때마다 공기를 가르는 소리와 공기가 터져나가는 소리가 연달아 들리고 있었고 지후는 마치 그 소리를 반주로 삼아 춤을 추는 모양새였다.

사실 춤을 추는 것이 아니라 주먹을 피하고 있는 것이었지만 보기엔 너무나 우아하고 예술적인 회피였다. 닿을 듯 닿지 않게 아슬아슬하게 피해내고 있었고 그 모습은 마치 우아한 춤을 추는 것만 같았다.

지후가 계속해서 간발의 차로 자신의 공격을 피해내자 마왕의 미간엔 점점 주름이 파이고 있었다.

마왕은 더욱 빠르게, 더욱 강하게 주먹을 휘두르며 지후를 압박해갔다.

결국 마왕의 주먹이 지후의 엑스자로 교차하고 있는 팔을 강타했다.

도저히 피할 수 없는 주먹이었기에 지후는 가드를 굳건히 하고 소울아머의 소울실드와 호신강기를 함께 펼쳤다.

할 수 있는 모든 수단을 동원해 방어를 했음에도 불구하고, 지후는 단 한 번 몸에 터치를 허용했을 뿐인데 총알처럼 날아가 땅속 깊이 크레이터를 만들며 처박히고 있었다.

"크윽…. 쓰읍…."

비명을 지르진 않았지만 정말 엄청난 위력이었다.

소울아머의 방어가 이런 식으로 뚫린 건 이번이 처음이었기에 지후는 초조한 마음을 다잡으며 몸을 일으켰다.

'생각했던 것보다 훨씬 강하고 어려운 상대다.'

지후의 양팔은 마왕이 내지른 주먹의 파괴력 때문에 부러져 덜렁이고 있었다.

소울아머의 영혼력이 빠르게 지후의 부러진 팔을 회복시켰지만 소울아머가 완벽하게 막아내지 못한다는 사실은 생각이상으로 충격적이었고 지후에게 부담으로 다가왔다.

마왕은 지후가 일어나자 더욱 기분이 좋았다.

혹시나 다른 벌레들처럼 한방에 죽었으면 어쩌나 내심 걱정을 했지만 이번 적은 달랐다.

일어난 모습을 보아하니 자신이 생각했던 것보다도 별다른 피해가 없어 보였기에 자존심이 약간 상했지만 오늘에야 비로소 자신의 힘을 마음껏 사용해도 될 만큼 때릴 맛이

나는 적을 만났다는 생각에 흥분감이 온몸을 고조시켰다.

단숨에 날아 지후의 앞으로 다가온 마왕은 지후에게 다시 주먹을 뻗었다.

언제 나타났나 싶었는데 나타남과 동시에 얼굴을 향해 날아오는 주먹을 바라보며 지후는 가까스로 보법을 밟아 피해낼 수 있었다.

쉬이익~ 펑!

간담이 서늘해지는 파공음을 들으며 지후의 등줄기는 축축하게 젖어가고 있었다.

'막는 것도 안 된다. 막는 것만으로도 엄청난 데미지를 입어. 할 수 있는 건 오직 회피와 공격뿐이야.'

오랜만에 젖어버린 등가의 땀방울들을 느끼며 지후는 자신이 이토록 긴장을 했던 게 언제였던가 생각하며 미소를 지었다.

이 상황에 미소를 짓는 걸 보면 지후도 확실히 정상이 아니었다.

원래 미친놈이란 소리를 자주 들었지만 지금의 모습은 그동안 보았던 지후와도 뭔가 달랐다.

'나도 어쩔 수 없는 무림인이었단 말이지. 죽을 자리일지도 모르는데 강자를 만났다고 이렇게 희열을 느끼는 걸 보면 말이야. 좋아 어디 한번 제대로 싸워보자고!'

○

지후의 몸이 기묘하게 움직이며 마왕을 압박하기 시작했다.

그동안 차원전장에서 쉬지 않고 전투를 했기에 지후의 체술도 예전보다 훨씬 진화되어 있었다.

쉬이익~ 쉬익!

상체를 흔들며 마왕의 주먹을 피한 뒤에 보법을 밟아 순식간에 마왕의 턱밑까지 전진했다.

찰나의 순간 지후의 양 주먹이 공간을 가를 기세로 마왕의 복부와 안면을 강타했다.

퍽! 퍼억!

"컥!"

마왕의 몸이 기억자로 꺾인 뒤에 안면에 꽂힌 주먹에 의해 바닥을 구르고 있었다.

입가에 피를 닦으며 일어선 마왕은 기분이 좋다는 미소를 짓고 있었다.

"좋아. 아주 좋아. 인간 중에 이런 존재가 있다니."

"……."

"나에게 피를 보게 할 수 있는 인간이라. 처음이로군."

"원래 첫 경험이 어렵지. 두 번째부터는 쉬워. 그러니까 오늘 네 피를 실컷 감상해 보라고."

"하하하하하. 그동안 나를 이토록 달아오르게 한 존재가 없었는데 정말이지 제법이야. 그저 허풍인줄 알았거늘 자신감이 있을 만도 하구나. 하지만 재롱은 여기까지다."

"너 그거 알아? 지랄도 병이야. 넌 약도 듣지 않는 중증이네."

"이 놈!"

"저 놈!"

이어폰을 통해 둘의 대화를 들으며 이지제국 진영의 병사들은 고개를 숙이고 있었다.

그리고 몇몇은 어깨를 들썩이며 웃고 있었다.

어깨를 들썩이며 웃는 병사들은 모두 지구인이었다.

그럼 그렇지.

개 버릇 남 주겠는가?

한동안 점잖다 싶었더니 역시나 그는 그였다.

"중2병도 아니고 무슨 허세로 그 자리에 올랐냐! 마왕이란 소개부터가 넌 딱 중2병이었어!"

지구인들은 지후의 말에 움찔했다.

중2병의 대명사가 저런 말을 할 줄이야…

똥 묻은 개가 겨 묻은 개 나무란다는 경우가 딱 지금 상황이었다.

지후는 마왕과 공방을 주고받을수록 마왕의 약점이 눈에 보이고 있었다.

'마왕? 웃기고 있네. 딱 보니까 그동안 힘으로 찍어 눌렀네.'

마왕의 주먹은 그저 목표물을 죽이기 위해 힘껏 휘두르는 주먹이었다.

물론 지후가 아니라면 누구도 피하지 못할 법한 빠른 주먹이었고 그 주먹에 담긴 힘은 태산을 무너뜨릴 만큼의 거력을 품고 있었기에 지금 지후처럼 마왕의 약점을 간파하는 적은 없었을 것이다.

사실 약점이라고 말할 만 한건 아니었다.

하지만 상대가 지후였기에 그 약간의 단점을 약점으로 만들며 공략할 생각을 하는 것이었다.

'한방이면 누구나 죽을 정도의 힘이었을 테지. 근데 난 예외거든. 그 힘이 안 통하는 대상과 피 튀기며 싸워봤어? 아마 없을 거야. 넌 그래 보여. 아마도 평생을 살면서 안 해봤던 거 오늘 다 체험해 볼 수 있을 거야. 죽음까지도.'

마왕의 약점이 뭐냐고?

대체 지후가 뭘 파고드는 거냐고?

마왕의 공격은 너무나 단순했다.

그 어떤 기교도 변칙도 없는 정직한 공격이었다.

물론 강해지면 강해질수록 기교가 필요 없고 단순화 되는 건 맞다.

하지만 비슷한 실력자끼리의 싸움에선 기교가 필요할

때가 있는 법이다.

그건 기교가 아닌 기술이니까.

지금 이 순간 그 기술의 차이가 마왕과 지후의 싸움에서 명확하게 드러나고 있었다.

그 어떤 기교도 없이 그저 주먹을 휘두르는 마왕과, 초식들과 연계하며 그동안 자신의 전투경험을 녹여서 새로운 세계의 체술을 선보이는 지후.

마왕은 조금씩이지만 지후의 기술에 밀리고 있었다.

약간은 마왕이 우위에 있지만 비슷한 힘을 가지고 있는 둘이었다.

하지만 지후는 그 비슷한 힘에 기술을 가미하며 싸우고 있었다.

그저 아무 곳에나 주먹을 휘두르는 마왕과는 다르게 지후는 급소를 제대로 공략하며 주먹을 휘두르고 있었다.

부드러움이라곤 찾아볼 수 없는 마왕의 주먹을 지후는 이화접목의 수법으로 부드럽게 파훼하고 있었다.

그리고 초식과 연계하며 회피와 공격을 반복하고 있었다.

마왕을 단숨에 쓰러뜨리거나 상처를 입힐 수 있을 정도의 힘을 담은 주먹은 아니었다.

그런 공격을 허용할 정도로 방어가 허술한 마왕은 아니었기에 지후는 조금씩 마왕의 몸에 데미지를 쌓아놓는 방법을 택했다.

가벼운 주먹으로 마왕의 몸을 치고 있지만 그동안 보여준 주먹에 비해 상대적으로 힘이 덜 실렸다 뿐이지 지후가 던지고 있는 주먹은 화경정도의 무인이라면 단숨에 으깨버릴 정도의 힘이 담겨있었다.

그랬기에 조금씩이지만 마왕의 육체에 데미지는 차곡차곡 쌓이고 있었다.

아까 급소를 때리며 마왕의 신체구조가 인간과 거의 흡사하다는 사실을 파악하고 있었기에 지후는 마왕의 복부에 꾸준히 데미지를 쌓고 있었다.

이게 스포츠 경기도 아닌데 무슨 의미가 있냐고?

분명히 의미가 있다.

복부에 데미지가 쌓이면 움직임도 둔해지고 체력이 빠르게 방전될 수밖에 없다.

지후가 마왕에게 큰 공격을 유도하는 무리수를 두면서도 데미지를 차곡차곡 쌓는 이유는 때를 기다리는 것이었다.

쌀이 익어 밥이 되기를.

그때가 되면 아주 맛있게 꼭꼭 씹어 먹어줄 계획이었기에.

"이놈! 어디서 조잡스러운 잡 기술들로 나를 희롱하려 하느냐!"

보법으로 회피하며 조금씩이지만 공격을 성공시키는 지후의 방식은 마왕을 상당히 짜증나게 만들고 있었다.

"쫄리면 쫄린다고 하지. 조잡한 기술이라고? 웃기지 마. 이건 인간의 투쟁의 역사이자 결과물이야. 그저 힘으로만 싸우는 너 같은 놈은 겪어본 적이 없는 인간들의 피와 땀과 노력의 결실이지. 넌 인간이 만들어낸 투쟁의 역사의 무게에 죽는 거야. 어디 짓눌려봐!"

인간들의 전쟁의 역사가, 그 투쟁의 시간들이 지후에게 기술이라는 유산을 물려줬고 지후는 그 유산으로 인간의 육체로 할 수 있는 최선의 격투를 보여주고 있었다.

천왕보와 결합한 복서들이 보일법한 위빙동작은 마왕의 주먹을 예술적으로 피해내고 있었다.

주먹을 피해내며 데미지를 쌓을 때마다 마왕의 동작은 약간 느려지나 싶었지만 순식간에 다시 빨라지곤 했다.

데미지는 차곡차곡 쌓이고 있었지만 생각만큼 효과는 없었다.

역시 싸움에 특화된 종족은 뭔가 달라도 달랐던 것인지 회복력도 남달랐다.

다행히 아직 회복이 덜 된 상태였지만 복부에 쌓아놓은 데미지는 시간이 흐를수록 빠르게 회복되고 있었다.

마왕의 회복속도가 데미지를 쌓는 속도보다 빠르다는 사실을 눈치 챈 지후는 조바심을 느낀 것인지 무리하게 마왕의 복부에 미들킥을 차려다 마왕에게 한쪽 다리를 붙잡히고 말았다.

지후의 다리를 붙잡은 마왕은 지후를 바로 패대기쳤다.

인형을 좌우로 내려찍듯이 마왕은 지후를 사정없이 바닥에 내리 찍었다.

콰앙!

쾅!

콰아앙!

쾅!

쾅!

쾅!

한번, 두 번, 수도 없이 내려치기를 반복하던 마왕은 지후를 집어 던졌다.

소울아머 덕에 살아는 있었지만 지후의 머릿속은 곤죽이 되어있었다.

이리 저리 수도 없이 내려찍히며 입은 충격을 소울아머가 모두 막아내지 못했기에 지후에게도 충격이 전해졌고 지후는 당장이라도 투구를 해제하고 구토를 하고 싶은 기분이었다.

마치 애벌레가 꿈틀거리듯 미세하게 몸을 떠는 지후를 바라보며 마왕은 지후의 끈질긴 생명력과 맷집에 순수하게 감탄을 하고 있었다.

"정말 내 인생에 너 같은 인간은 처음이로군. 아니 살아오는 동안 너 정도의 적을 본 건 처음이야."

어디선가 짜증나는 목소리가 들려왔지만 아직 제정신이 아닌 지후는 간신히 비틀거리며 몸을 일으킬 뿐이었다.

하지만 지후의 다리는 풀려있었고 일어서던 지후는 맥없이 자리에 주저앉고 말았다.

충격으로 인해서 뇌가 흔들렸기에 지후의 의지와는 다르게 눈동자의 초점도 맞지 않았고 몸도 마음대로 움직이지 않았다.

'크크큭. 내 몸이 내 의지와 따로 논다고? 이런 진귀한 경험을 하게 해주다니. 저 새끼는 정말이지 소름끼치도록 고마운 새끼야.'

지후는 절망하지 않았다.

뇌가 잘못되기라도 한 건지 오히려 자신을 궁지로 몰고 간 마왕에게 고맙다는 감정을 느끼고 있었다.

'내가 이 빌어먹을 차원전장에서 별의 별 것들을 다 만나봤지만 가장 마음에 드는 놈이란 말이지.'

자신과 같은 육체만으로 전투를 치루는 적이었기에 더욱 끌렸다.

병장기를 드는 것을 비겁하다고 생각하는 것은 전혀 아니었지만 순수하게 육체만으로 싸우는 강자를 만나는 건 무림에서나 그 어디에서나 어려운 일이었기에 지금 이 순간이 너무나 행복했다.

주먹과 주먹의 맞대결.

육체만으로 펼치는 순수한 힘겨루기에 지후는 너무나 신이나 있었다.

마왕도 자신과 비슷한 생각을 하고 있는 것인지 입가에 미소를 지으며 자신에게 다가오고 있었다.

점점 마왕의 입가의 미소가 뚜렷하게 보이는 것을 느끼며 지후는 자신의 몸의 감각이 어느 정도 돌아 왔다는 사실을 느낄 수 있었다.

마왕이나 지후나 딱히 대화는 없었다.

지후의 앞까지 여유롭게 걸어온 것과 다르게 마왕은 지후의 머리를 향해 다리를 내려찍었다.

쾅!

내려찍던 마왕의 발목을 지후의 권강을 가득 머금은 주먹이 가격했다.

지후의 주먹에 의해 부러진 마왕의 발은 지후의 머리 옆을 스쳐지나갔다.

"큭."

마왕의 입에서 짧은 신음소리가 들려왔다.

금세 회복이 됐지만 지후의 주먹에 의해 발목이 부러졌다가 회복되었기에 마왕의 심기는 상당히 좋지 않았다.

자신이 걸어오던 그 짧은 시간에 이런 공격을 할 수 있을 정도로 회복했을 줄이야.

이제 끝이라고 생각했는데 아직도 이 인간은 자신에게 위협적인 공격을 하고 있었다.

지후는 자리에서 일어나지 않았지만 바로 마왕의 발목을 낚아채며 자리에 넘어뜨렸다.

넘어뜨림과 동시에 지후는 한쪽 팔로 자신의 몸을 지탱하며 뛰어 올라 니킥으로 마왕의 안면을 내리 찍었다.

콰악!

한번으로 끝나지 않았다.

두 번, 세 번, 네 번, 다섯 번.

다섯 번이나 마왕의 안면에 니킥을 성공시킨 지후는 바로 마왕의 몸에 올라타 마운트 포지션을 빼앗았다.

애들 싸움에서나 보일 법한 장면이었다.

일방적으로 한 사람이 쓰러진 상대방의 몸에 올라타서 주먹을 휘두르며 구타를 하고 있었다.

지후는 해머링과 엘보우를 사용하며 마왕의 얼굴을 난도질 하고 있었다.

콰앙!

쾅!

쾅!

퍼억!

콰직!

듣는 것만으로도 섬뜩한 공격들이 마왕의 안면을 향해

펼쳐지고 있었다.

마왕도 계속해서 이어지는 지후의 공격에 제대로 대응을 하지 못하고 있었다.

당장 뜯어내고 싶었지만 자신의 팔은 짓눌린 채 움직이지 않았다.

마왕의 양 팔은 지후의 무릎이 누르고 있었다.

지후는 자신의 몸에 천근추 아니 백만근추를 시전하며 마왕의 몸을 억누르고 있었다.

크아아아악!

정신없이 얻어맞고 있던 마왕이 흉성을 토해내며 등 뒤의 날개를 펄럭이며 마운트 포지션에서 발버둥 치며 일어서려 하고 있었다.

지후는 마운트 포지션을 빠르게 포기하고 마왕의 왼쪽 팔을 잡더니 암바를 걸어 사정없이 꺾어 버렸다.

뚜두둑.

뼈가 부러지는 섬뜩한 소리와 함께 마왕의 분노가 가득 담긴 노성이 전장에 울려 퍼졌다.

"이노옴!"

지후는 마왕의 분노가 가득 담긴 노성에도 주눅 들지 않고 계속해서 기술을 이어갔다.

마왕은 지후의 이런 서브미션 기술에 취약했다.

사실 지후도 이런 공격보다는 타격이 강했고 때려잡는 걸

선호하는 스타일이지만 지금은 상황이 상황이었다.

그리고 마왕은 이런 기술에 취약했다.

그저 주먹만 휘두르면 상대방들이 죽었으니 이런 공격을 당해본 적도 해본 적도 없었으리라.

지후는 그런 마왕에게 자신이 알고 있는 서브미션 기술들을 아낌없이 사용했다.

◆

뿌드득.

빠직.

드드득.

뼈가 부러지는 섬뜩한 소리가 계속해서 들려왔다.

프로레슬링도 아니고 프로레슬러도 이 정도로 과격하게 기술을 사용하지는 않았을 테지만 지후는 정말이지 일말의 주저도 없이 마왕의 관절들을 사정없이 꺾어버리며 계속해서 사용하고 있었다.

처음 느껴보는 고통과 분노로 이성이 날아간 마왕은 아직 회복이 되지 않아 기이하게 꺾인 양팔을 발악하듯이 사정없이 휘두르며 지후에게서 벗어났다.

슝~

슈웅~

처음 느낀 엄청난 고통에 눈이 돌아간 마왕은 발악을 하며 자신의 주변에 접근을 하지 못하도록 사정없이 부러진 양팔을 휘둘러댔다.

지후는 마왕을 침착하게 바라보며 다시금 접근을 시도했다.

이성이 날아간 상대?

광폭화? 버서커?

그건 오히려 지후에겐 기회였다.

아마도 마왕에게 더 이상의 서브미션 공격은 시도할 수 없을 것이다. 생각이란 걸 하니 방어를 할 테니까. 이제부터라도 경계할 서브미션 기술들은 사용하려다가는 반대로 당할 수도 있으니 더는 사용하지 못하겠지만 마왕의 이성이 돌아오기 전에 최대한 데미지를 입혀 놓아야만 했다.

쉬익~

쉬이익!

지후는 단숨에 마왕이 휘두르는 주먹을 피하며 마왕에게 접근했고 마왕의 복부에 이를 악물며 있는 힘껏 주먹을 올려 쳤다.

퍼억!

"크읍."

마왕의 복부를 올려 치는 지후의 주먹엔 황금빛이 가득했다.

마왕의 몸은 기억자로 꺾이며 몸이 공중으로 잠시 들썩인 뒤에 그대로 땅바닥에 무릎을 꿇으며 털썩 주저앉고 있었다.

마왕은 양 무릎을 꿇으며 아직 회복되지 않은 양팔로 복부를 움켜쥔 뒤 거친 숨을 헐떡이며 몰아쉬고 있었다.

"허억. 허억. 허업."

지후는 오른발로 마왕의 무릎에 진각을 밟았다.

콰직.

"끄아아악!"

마왕의 비명소리를 무시한 채 지후는 진각을 밟은 오른발을 축으로 삼아 양 어깨에 손을 짚은 뒤 반동을 이용해 왼쪽 무릎으로 마왕의 안면에 플라잉 니킥을 먹였다.

빠각!

기이하게 으깨진 무릎을 붙잡지도 못한 채 마왕의 고개는 뒤로 넘어가고 있었다.

지후는 기회라는 생각에 권강을 가득 머금은 주먹으로 마왕의 전신을 구타하기 시작했다.

퍽! 퍼억!

퍽! 쾅!

콰앙!

뻑!

콰직!

한 대라도 더 때리기 위해 지후는 호흡도 멈추고 수백 수천 번의 주먹을 뻗고 있었다.

한참 정신없이 구타를 하고 있을 때 지후는 불길한 기운을 감지했다.

채애앵!

지후의 눈앞에 번쩍하는 빛이 보였고 지후는 바로 고개를 젖히고 백스텝을 밟으며 물러났다.

그리고 등 뒤에서 느껴지는 섬뜩한 기운에 바닥을 구르며 몸을 숙였다.

쉬이익.

지후가 몸을 숙인 곳으로 보라 빛의 검강을 머금은 검이 지나갔다.

지후의 눈앞엔 두 명의 마족이 보랏빛 검강을 가득 머금고 있는 대검을 치켜들고 살기어린 눈빛으로 노려보고 있었다.

"감히 마왕님을…."

지후는 눈앞의 마족들을 보며 안도의 한숨을 쉬었다.

눈앞의 마족들은 분명히 강했다.

무인의 경지로 말하자면 자연경의 초입에 발을 걸치고 있었으니까.

지후와 같은 경지였다. 같은 경지라지만 같은 경지에서도 지후는 끝자락에 있었고 눈앞의 두 마족은 시작점에 있었다.

　지후는 상대가 저 두 마족이었기에 안심이 되고 있었다.

　혈마가 아니었으니까.

　만약 상대가 혈마였다면 지후의 머릿속에서 아직은 해볼 만 하다는 생각을 지웠어야 했을 것이다.

　피가 넘쳐나는 이런 장소에서 혈마와 마왕을 동시에 상대할 자신은 없었기 때문이다.

　그리고 또 한 가지 다행인 점이 있다면 저들은 마왕이 직접 부른 게 아니었다.

　직접 불렀다면 혈마가 나타났을 테니까.

　저들은 노예가 아닌 마왕과 같은 종족이었기에 이런 상황에서도 자신들의 의지로 자유롭게 움직여 지후를 막아설 수 있었던 것이다.

　충성심 그런 걸 떠나서 명령에 의해서 움직이는 관계에 있는 혈마는 이런 전투에 끼어들고 싶어도 끼어들 방법이 없었다.

　명령에 반하는 움직임에 몸이 움직일 리가 없었으니까.

　지후는 안도의 한숨을 내쉬며 눈앞의 적들을 바라봤다.

　"마왕이란 놈도 별 수 없네. 뒈질 것 같으니까 치사하게 부하들 뒤로 꽁무니 빼고 숨는 걸 보면 기대 이하의 병신이었는데. 내가 병신새끼를 너무 높게 쳐주고 있었네."

"건방진 놈!"

"어디서 그 더러운 새치 혀로 마왕님을 입에 담느냐!"

'어디 살살 긁어볼까?

지후는 눈앞의 마족들을 살살 도발했다.

분명 마왕도 듣고 있으리라 생각하며, 누구라도 자신의 도발에 응하기를 바라며 그들의 자존심을 살살 긁기 시작했다.

대화를 통해 마왕이란 놈이 자존심과 자만심으로 똘똘 뭉친 놈이란 걸 알 수 있었으니까.

마왕이든, 충성심으로 뭉쳐 있는 마족들이든 누구든 낚이기만을 바라며 지후는 도발을 계속했다.

"너넨 진짜 벌레만도 못한 새끼들이구나? 일대일 대결에 끼어들어 놓고 말이 많아.

그 일대일 대결도 너희가 그렇게 따르는 마왕이 하자고 한 거였는데 말이야.

누워있는 저 새끼도 정말 자존심 없는 새끼네.

나였으면 그냥 혀 깨물고 자살한다. 자살 해.

자기가 하자고 한 일대일 대결에 키우던 개새끼들이 난입했으니.

얼마나 우습게 보였으면 개새끼들까지 주인 말을 안 듣겠어."

마왕은 그저 바닥에 쓰러져 있었다.

**권왕의 레이드** 7

하지만 역시나 지후의 말을 듣고는 있는지 지후의 말에 미세한 떨림을 보이고 있었다.

조금씩 망가진 마왕의 몸들이 회복되고 있는 것이 지후의 눈에 들어왔다.

'저 새끼… 알면서도 모른 척 하면서 회복을 다하고 일어날 속셈이구만. 그렇다면 최대한 회복되기 전에 친다.'

마음을 먹을 순간 지후는 마왕이 있는 방향으로 몸을 날렸다.

마왕을 향해 몸을 날리는 지후를 본 두 마족은 지후를 향해 날개를 펼치며 쏜살같이 날아갔다.

한 놈은 지후의 앞쪽을, 다른 놈은 등 뒤를 점하며 지후를 향해 보랏빛 검강을 휘둘렀다.

누가 봐도 위험한 상황이었지만 소울아머 속의 지후는 미소를 짓고 있었다.

'오케이. 너네 제대로 낚였어. 소울 쇼크!'

지후가 땅을 향해 주먹을 내리쳤고 두 마족에겐 지후의 소울쇼크가 직격으로 들어가고 있었다.

지후의 등 뒤를 노리던 마족은 소울쇼크에 의해 내상을 입었는지 입으로 피를 토해내고 있었다.

하지만 지후를 향해 내리치는 검을 멈추진 않았다.

흔들렸지만 꼿꼿하게 지후를 향해 검을 내리쳤다.

소울실드가 자동으로 펼쳐지며 등 뒤에 있던 마족의

검강을 막아냈고 지후는 눈앞의 마족의 목을 향해 황금빛
이 날카롭게 일렁이는 수도를 가로로 휘둘렀다.

촤아악!

지후의 앞에서 검을 휘두르려던 마족은 스턴상태로 인해
서 움직이지 못하고 있었고 지후의 수도에 의해서 하늘로
목이 떠오르고 있었다.

휘이익~

잘린 마족의 목과 머리에서는 1초 정도가 지나고 나서야
피분수를 거칠게 토해내고 있었고 하늘로 높게 떠올랐던
마족의 머리는 바닥에 떨어지고 있었다.

툭.

바닥에 데굴데굴 굴러가는 동료의 머리를 바라보며 지후
의 등 뒤에 있던 마족은 난폭한 살기를 토해냈다.

"이 자식!"

다시 한 번 지후의 등 뒤에서 내려쳐진 대검.

지후는 오히려 백스텝을 한 번 밟아 대검을 휘두르던 마
족의 품으로 파고들었다.

대검을 휘두를 공간을 파고든 지후로 인해 마족은 대검
을 휘두를 수가 없었다.

파고들던 지후는 살짝 몸을 옆으로 틀며 팔꿈치로 마족
의 복부를 찔렀다.

"커억."

복부에 느껴지는 충격으로 인해 마족의 고개는 의지와 상관없이 저절로 숙여질 수밖에 없었다.

내려온 고개를 향해 지후의 체중을 실은 돌려차기가 정통으로 들어갔다.

뻐억.

마족은 뒤쪽으로 날아가 널브러졌고 지후는 마무리를 위해 다리에 힘을 주며 하늘 높이 점프했다.

지후의 돌려차기에 골이 울려 제대로 몸을 가누지 못하던 마족은 대검에 의지한 채 힘들게 일어나 전방을 바라봤다.

하지만 그 자리엔 있어야 할 적이 보이지 않았다.

뭔가 점점 어두워지는 것 같아 하늘을 향해 고개를 들었을 때, 자신을 향해 하늘에서 급속도로 떨어져 내려오고 있는 황금빛 유성이 두 눈에 들어왔다.

움직여 피하고 싶었지만 풀려버려 덜덜 떨리는 마족의 다리는 요지부동이었고 도저히 피할 방도가 없었다.

콰아앙!

황금빛 유성은 점프를 했던 지후였고, 낙하의 충격까지 더해 단숨에 숨통을 끊어 버릴 수 있도록 스스로 유성이 되어 떨어졌다.

흙먼지가 걷히자 마왕과 마족, 그리고 지후가 서로를 노려보고 있었다.

"빌어먹을 새끼들…."

지후는 이를 잔뜩 갈며 말을 하고 있었다.

어느새 회복을 마친 마왕은 자신의 부하인 마족이 지후에게 죽임을 당하려던 찰나 마족을 구해 지후의 공격을 피한 것이었다.

마왕은 굳은 표정으로 노려보는 지후를 향해 입을 열었다.

"내 부하의 무례를 용서하게."

네가 더 무례하거든.

이 새끼 이제 보니까 진짜 철면피였네.

"그럼 세상이 너무 평화롭지 않겠어? 그렇게 사과로 다 끝나면 화를 왜 내? 사람 죽이고 미안하다고 하면 땡인가? 진심으로 미안하다고 생각하면 한쪽 팔이라도 내놓던가."

"싫다."

잠깐 고민하는 척이라도 해라 이 개새끼야.

미안한 마음이 1이라도 있었으면 그렇게 바로 싫다고는 못하지 개색키야.

"죄송합니다. 마왕님."

마족은 마왕에게 한 쪽 무릎을 꿇으며 고개를 숙이고 있었다.

"검을 다오."

마족은 마왕에게 자신의 대검을 건네고 있었다.

"내가 죽을 거라 생각했느냐? 나를 비겁한 겁쟁이로 만드는 것이냐? 마왕인 나를 믿지 않은 것이냐?"

아주 쇼를 해라 쇼를 해.

이거 안본 눈 있으면 사고 싶네. 샹.

지후는 둘의 신파극을 바라보며 짜증이 치밀어 올랐다.

지금 둘이 무슨 연극을 하고 있는 것이란 말인가.

"죽을죄를 지었습니다. 죽여주십시오. 마왕님."

"만약 죽었더라도 그건 어쩔 수 없는 일이었다. 마족의 인생은 강자존이다. 더 강한 자에게 죽는 것은 영광이자 축복이다. 그걸 막은 죄는 너의 목숨으로 갚거라."

이게 무슨 개소리야?

그 놈 죽이는 건 내일인데 그걸 왜 네가 해?!

나도 손 있거든.

아직 그놈 죽일 기운 정도는 있거든!

"오늘은 내가 죽을 날이 아닌가 보군. 너로 인해 더 살 수밖에 없겠어."

마왕은 마족에게 받은 검으로 마족의 목을 내리쳤다.

서걱~ 툭!

마족의 머리는 바닥에 떨어져 지후가 있는 곳까지 굴러 왔다.

황당해서 그저 지켜봤더니 연극의 결말이 아주 막장이었다.

지후는 둘의 쇼를 보고 어이가 없어 말문이 막혔다.

이게 무슨 개떡 같은 상황이란 말인가?

자신의 발 앞에 굴러온 마족의 머리통을 본 지후는 깊은 빡침을 느꼈다.

눈에 들어오는 죽은 마족의 표정은 자신의 임무를 완수하고 존경하는 자에게 죽음을 당했다는 명예롭고 만족스러운 표정이었다.

지후는 짜증이 치밀어 올라 죽은 마족의 머리통을 밟아 터뜨려 버렸다.

빠지직.

"부하의 목숨으로 자네에 대한 사과는 끝이네. 내가 가장 아끼던 부하를 내손으로 죽였으니 이정도면 우리의 대결을 막은 대가로도 충분하다고 보네."

북 치고 장구 치고 네 혼자 다 해먹어라~

"네가 나타나서 낚아 채가지만 않았으면 나한테 죽기 직전이었거든.

지 부하 덕에 겨우 목숨을 연명한 비겁한 새끼가 엄청 예의 있는 척 하고 있네.

혹시 뻔뻔한 거로 마왕된 거 아니냐? 잘 생각해봐.

다 듣고 있으면서 뻔뻔하게 안 들리는 척 회복하고 있던 거 내가 몰랐을 것 같아?"

마왕은 지후의 말에 더 이상 대답을 하지 않았다.

자신도 부하 덕에 간신히 목숨을 건졌다는 사실을 인지하고 있었다.

그랬기에 지금 자존심이 상할 대로 상해 있었다.

누워서 회복을 할 때도 벌떡 일어나 달려들고 싶은 충동이 수십 번이나 들었지만 간신히 참아냈다.

본능이 일어서면 안 된다고 경고하고 있었으니까.

그랬기에 안면몰수를 하고 부하의 핑계를 대며 말을 돌릴 수밖에 없었다.

결국은 아끼던 부하의 목숨 값으로 마무리를 할 수밖에 없었다.

이런 추태를 본 부하를 살려둘 수도 없었고.

어쨌든 자신의 명령을 무시하고 난입한 것도 마왕의 자존심을 상하게 하는 이유 중 하나였다.

이제는 자신의 부하가 희생을 해야 하는 상황까지 자신을 몰아붙인 적의 왕을 부하의 곁으로 보내줄 차례였다.

마왕은 부하의 죽음과 함께 냉정해져 있었다.

이정도로 냉정해져 본적은 마왕의 인생에 단 한 번도 없었지만 자신을 죽일 수 있는 적으로 지후를 인정하자 더 이상 방심하고 싸움을 즐길 수가 없었다.

그동안 자신이 죽음을 생각할 정도로, 아니 죽음 직전까지 몰고 갔던 상대가 없었으니까.

그랬기에 그동안은 이렇게 냉정해질 일이 없었다.

지금의 마왕은 처음해본 임사체험으로 인해 극도의 긴장감을 느끼며 냉정해져 있었다.

한 걸음 한걸음 신중하게 내딛으며 더 이상은 아까같이 막무가내 식으로 주먹을 뿌리지 않았다.

냉정한 판단과 함께 차분하게 지후를 향해 주먹을 뻗고 있었다.

지후는 그런 마왕의 모습을 보며 오히려 안심이 되었다.

보통 이런 경우라면 까다로워 져야 정상이지만 생각이 많아 조심스러워진 마왕의 공격은 너무나 뻔히 보이고 예상이 가능한 공격들이었다.

아까처럼 생각이 없는 공격은 오히려 예측이 쉽지 않았기에 지후가 고도의 집중을 해서 피해야만 했다.

하지만 지금은 그 정도로 집중을 하지 않아도 쉽게 피해낼 수 있었다.

'저건 냉정해진 게 아니야. 겁을 먹고 움츠려 든거지.'

다만 여전히 달라지지 않은 것도 한 가지가 있었다.

본능인지 종족 특성인지 여전히 물러섬이 없었고 호전적이었다.

공격은 소심해졌는데 마지막 자존심만은 어떻게든 챙기

려고 하는 모습을 보며 지후는 피식 웃음이 나왔다.

이제는 지후가 불을 붙일 차례였다.

아까처럼 생각하며 움직이는 것보단 본능적으로 움직일 때였다.

그래야 상대가 예측하기 힘들어 질 테니까.

지금 마왕은 지후의 공격을 냉정하게 분석하려 하고 있었고 지후는 마왕이 예측하기 힘들도록 본능에 몸을 맡긴 채 움직이기 시작했다.

콰앙!

쾅!

퍼억! 픅!

빠각!

빡!

마왕과 지후는 서로를 향해 있는 힘껏 주먹을 뻗었다.

지후는 필사적으로 싸우고 있었다.

마왕이니까.

강하니까.

그렇기에 쓰러뜨리고 싶은 것이었다.

서로의 얼굴을 때리고 차며 힘과 힘의 육탄전이 벌어지기 시작했다.

지후는 마왕의 주먹을 최대한 회피하며 어쩔 수 없이 맞는 공격은 최대한 몸을 틀며 흘려냈다.

반면 마왕은 지후의 주먹을 힘으로 버텨내며 이를 악물었다.

자신을 이토록 몰아붙일 수 있는 인간이라니.

어쩌면 자신이 질지도 모른다는 생각을 품게 할 수 있는 인간이 있다는 사실에 더 이상 희열이나 쾌감 따위는 없었다.

마왕도 지후도 필사적으로 서로를 죽이기 위해 주먹을 휘두를 뿐이었나.

쾅! 퍼억! 퍽!

퍼엉! 쾅! 콰직!

서로의 얼굴을, 서로의 몸통을 사정없이 두들기며 전투는 점점 난타전으로 흘러갔다.

콰앙!

크레이터와 함께 지후가 처박히고 틈을 주지 않으려는 마왕은 바로 날아와 공격을 계속하고.

지후는 그런 마왕의 팔목을 낚아채며 발목을 걸어 엎어치기로 마왕을 매쳐 버리고.

"이놈! 감히! 네놈이 나를 집어던져!"

고막을 테러라도 하겠다는 엄청난 노성과 함께 마왕의 몸에서 넘실거리던 불쾌한 검은 기운은 마왕의 손으로 모여들고 있었다.

마왕의 손으로 모이던 기운을 마왕은 지후를 향해 집어

던졌고 순식간에 주변의 모든 것이 그곳으로 빨려 들어가며 지후를 향해 날아왔다.

엄청난 기세로 모든 걸 빨아들이는 힘으로 인해 지후는 도저히 보법을 밟거나 피할 수가 없는 상황이었다.

저 엄청난 블랙홀 같은 것에 빨려 들어가지 않기 위해 그저 두 다리에 온 힘을 집중하며 버틸 뿐이었다.

한 걸음이라도 떼면 당장이라도 빨려 들어가 갈기갈기 찢겨버릴 것 같았기에 도저히 발을 뗄 수가 없었다.

쿠아아아아아아아앙!

엄청난 기세로 모든 걸 빨아들이며 순식간에 지후의 코 앞까지 다가왔고 점점 지후의 몸에 가해지는 중력의 압박은 커져만 갔다.

"크윽… 뭐 이딴 게…."

그저 빨려 들어가지 않기 위해 버티는 것만으로도 엄청난 심력이 소모되는 것을 느껴야만 했다.

바로 앞까지 다가왔기에 결정을 해야만 했고 지후는 세이버 팔찌에 있는 모든 내공과 자신의 내공 3할을 사용하며 땅을 내리쳤다.

'천왕삼권 제 이식. 천지개벽!'

지후의 주먹이 땅을 치자 반경 100미터는 진공상태에 빠지며 블랙홀을 분쇄하기 시작했다.

마치 괴수가 비명을 토하는 것 같은 소리가 하늘과 땅을 강타했고 그 곳에 있던 모든 것들이 하늘에 떠올랐다 내려왔다를 반복하며 지후의 천지개벽과 마왕의 블랙홀이 힘겨루기를 겨루고 있었다.

마치 빛과 어둠. 선과 악의 싸움을 보는 듯한 광경이었다.

찬란한 황금빛과 칠흑 같은 어둠을 머금은 검은 빛의 충돌은 용호상박이라는 말을 떠오르게 만들고 있었다.

서로의 힘을 겨루다 두 힘은 결국 균형을 잃었는지 천지를 뒤흔드는 진동과 함께 엄청난 빛을 폭사하며 일대를 쑥대밭으로 만들며 폭발했다.

콰아아아아아아아아아앙!

세상이 무너져 내리는 것만 같은 엄청난 괴성을 동반한 폭발이 일어났고 지후나 마왕이나 그 폭발의 영향력에서 온전히 벗어날 수는 없었다.

삐이이.

귓속에서 울려 퍼지는 이명에 지후는 한동안 제대로 정신을 차릴 수가 없었다.

"으으윽!"

옅은 신음소리를 흘리며 지후는 자신의 몸 위에 있는 돌무더기와 흙무더기를 털어내며 힘겹게 몸을 일으켰다.

전신에 충격이 갔는지 뻐근하지 않은 곳이 없었다.

뿌연 흙먼지가 가득했기에 앞이 보이지 않았지만 마왕도

자신과 상황이 별반 다르지 않다는 걸 느껴지는 기운으로 알 수 있었다.

둘은 서로의 기운이 느껴지는 곳을 노려볼 뿐 섣불리 움직이지 않았다.

흙먼지가 사라질 때까지 둘은 미동도 하지 않았다.

조금이나마 상태를 회복하며 최후의 전투를 준비하며 마음을 가다듬고 있었다.

흙먼지가 걷히고 마왕과 지후는 서로를 노려보고 있었다.

서늘한 눈빛으로 마왕을 노려보던 지후는 굳게 다물고 있던 입술을 벌리고 숨을 깊게 들이마셨다.

"흐아아아아압."

지후는 총에서 총알이 쏘아지듯 마왕을 향해 빠른 속도로 쏘아져 나갔다.

슈우웅~ 펑~

지후가 지나간 곳에선 소닉붐이 일어나고 있었고 지후는 총알이 되어 마왕에게 부딪혔다.

콰앙!

지후의 주먹이 마왕의 건틀렛에 박혀 있었다.

마왕은 팔을 들어 간신히 지후의 주먹을 막아냈지만 팔을 감싸고 있던 건틀렛이 산산조각이 되어 흩어지고 있었다.

"죽어라!"

둘은 서로를 향해 무차별적으로 주먹을 휘둘렀다.

콰직.

퍽.

쾅! 콰앙!

서로가 마지막 힘을 쥐어짜서 공격을 하고 있었고 서로를 본능적으로 때리고 있었다.

난타전을 할수록 마왕도 움츠려들었던 모습을 버리고 본능에 충실한 본연의 모습을 찾고 주먹을 휘두르고 있었다.

마왕의 휘황찬란하던 갑옷이 지후의 주먹에 의해 하나씩 부서지며 떨어져 나가고 있었고 지후의 소울아머도 상황은 마찬가지였다.

마왕의 엄청난 공격을 거듭해서 막아내던 소울아머에는 더 이상의 영혼력이 남아있지 않았고 결국은 해제가 되고 말았다.

퍽! 퍼억! 퍼어억!

하지만 지후의 움직임은 전혀 달라지지 않았다.

"어디서 이런 힘이 나오는 것이냐! 왜 쓰러지지 않는 것이냐!"

퍼억!

"오그라드는 소리 그만하고 빨리 뒈져!"

파앙!

'난 지킬 사람이 많거든. 그리고 약속했거든. 오늘은 내가 죽는 날이 아니라고.'

제대로 보이지도 않는 먼 곳에 있지만 전쟁터에 울리는 둘의 격투 소리는 듣는 것만으로도 전신을 땀에 젖게 하고 소름이 돋게 만들고 있었다.

퍼억!

마왕의 주먹에 지후의 고개가 돌아가고 있었다.

지후는 마왕이 휘두르는 주먹의 방향으로 고개를 돌리며 최대한 충격을 흘려내고 있었다.

오히려 마왕의 주먹의 반동을 이용한 지후의 백스핀 블로우가 마왕의 관자놀이에 적중하고 있었다.

둘 다 대부분의 힘이 소진된 상태였기에 한방한방이 치명적이진 않았다.

하지만 지후는 대부분의 공격을 흘려내며 신중하게 급소를 공략하고 있었다.

마력이 떨어진 마왕의 육체도 회복이 되지 않고 있었고 지후도 소울아머를 통해 회복을 하지 못하니 마찬가지의 상황이었다.

이제는 누가 먼저 쓰러지냐의 싸움이었다.

한참이나 서로를 향해 주먹을 뻗던 둘은 마주본 채 헉헉대며 마지막 일격을 준비하고 있었다.

지후는 정말 온몸에 있던 모든 내공을 오른 주먹에 집중하고 있었다.

지후의 오른 주먹에선 황금빛이 아지랑이 피듯이 일렁이고 있었고 마왕의 주먹에선 검은 아지랑이가 피어오르고 있었다.

"흐아아아아압!"

"으아아아아악!"

서로가 이 공격이 마지막이라는 사실을 알고 있었기에 둘은 포효하며 서로를 향해 달려갔다.

마왕도 지후도 필사적으로 서로에게 달려갔다.

지후는 마왕과 가까워질수록 속도를 줄였다.

그리고 부딪치기 2미터 전에 양 다리에 힘을 주며 제동을 걸었다.

종아리가 터질 것처럼 부풀어 올랐지만 그 덕에 마왕은 지후를 공격할 타이밍을 잃고 말았다.

워낙 찰나의 순간이었고 마왕의 머릿속엔 지후가 달려오던 속도를 계산해 주먹을 휘두를 타이밍이 계산된 상태였다.

결정적일 때 소심함을 보인 마왕은 본능보단 계산을 하고 있었고 지후 또한 만약의 상황을 대비해 페이크를 걸고 있었던 것이다.

그 페이크는 보기 좋게 성공했고 지후는 브레이크를 잡으며 고개를 숙였다.

마왕의 주먹은 지후의 뺨을 스치며 허공을 때렸다.

이번이 마지막 기회라는 생각을 하며, 전신에 힘을 빼고 그동안 휘두르며 얻었던 수많은 깨달음을 지금 휘두를 단 한번뿐인 주먹에 간절히 담아 마왕에게 휘둘렀다.

지후의 주먹은 마왕의 심장을 향해 쏘아져 나갔다.

마왕은 의아했다.

충분히 지후의 주먹을 피할 수 있을 것 같았다.

지후의 주먹은 결코 빠르지 않았고 오히려 느렸다.

그렇지만 그 주먹에 담긴 기운은 결코 범상치 않았다.

마왕의 몸을 속박하며 피할 수 없도록 옭죄고 있었고 마왕은 결국 지후의 느린 주먹을 피할 수 없었다.

의도하지는 않았지만 지후는 지금 휘두르는 주먹이 그동안 자신이 닿고자 했었던, 간절히 원했던 궁극의 주먹과 닮아있다는 사실을 느낄 수 있었다.

전설로만 내려 왔기에 흉내조차 낼 수 없었던 천왕섬권의 마지막 초식이 아마도 이런 주먹이 아닐까 하며 지금 느끼는 감각을 되새기며 마왕에게 주먹을 뻗었다.

푸악!

지후의 주먹은 마왕의 심장이 있을 자리를 관통하고 있었다.

마왕은 자존심상 한 치의 물러섬도 없었고 지후는 자신 혼자가 아닌 이지제국의 미래를 생각하며 기술적으로 싸웠기에 서로의 움직임은 조금 달랐다.

마음가짐의 차이였다.

둘 다 10의 힘을 가지고 있었다고 하더라도 한 쪽은 그 힘을 흘리며 싸웠고 한 쪽은 그 힘을 온전히 맞으며 싸웠으니 이런 결과가 나올 수밖에 없었다.

무언가에 홀린 것처럼 죽기 직전 마왕의 머릿속엔 싸우기 전 지후가 했던 말이 맴돌고 있었다.

'무슨 자신감으로 나한테 일대일로 싸우잔 거야? 넌 분명 후회하게 될 거야.'

분명 싸우기 전에는 우습게 생각하며 흘려들었던 말인데 지금은 그 말이 머릿속에 또렷하게 맴돌고 있었다.

마왕은 지후와의 싸움에서 결국은 졌지만 후회는 없었다.

오늘이 아니라면 언제 자신을 압도해줄 상대를 만날지 알 수 없었으니까.

언제 이토록 모든 걸 다 불태우며 싸울 수 있었겠는가?

평생을 바라고 원했던 걸 오늘 이뤘으니 죽어도 후회는 없었다.

그런 생각을 하며 마왕은 눈을 감았고 마왕의 몸은 빛에 휩싸이더니 가루가 되어 전장에 흩날렸다.

일곱 번째 전쟁은 끝이 났고 결과는 이지제국의 승리였다.

이지제국의 피해도, 적들의 피해도 적었다.

겉으로 보기에 전체적인 피해는 크지 않은 만족스러운 승리였다.

하지만 속은 달랐다. 이지제국의 전부라고 할 수 있는 지후의 몰골은 너무나 처참했다.

빛과 함께 가루가 되어 사라지는 마왕의 모습을 본 지후는 안도하며 자리에 허물어지고 말았다.

온몸은 피범벅이 되어 있었고 전신에 퍼져있는 검푸른 멍들은 처참한 몰골을 보여주고 있었다.

한계까지 싸우고 적의 죽음을 확인한 뒤에야 쓰러진 지후의 모습은 모두에게 엄청난 충격과 감동을 전해주고 있었다.

이지제국의 병사들과, 방금 전까지 적이었던 마왕군, 이 싸움을 영상으로 지켜본 모든 사람들의 온몸엔 소름이 돋으며 전율이 일어났다.

전투를 벌이는 장면은 너무 먼 곳에서 촬영된 영상이었기에 희미했지만 지금 영상에서 보여주고 있는 쓰러진 지후의 모습은 그가 얼마나 처절한 싸움을 했는지 어떤 짐을 짊어지고 살아가고 있는지 여실히 보여주고 있었기 때문이다.

그 장면을 보고 누가 안쓰러움을 느끼지 않겠는가?

누가 그에게 손가락질을 하겠는가?

누가 그를 존경하지 않겠는가?

모두를 위해 자신의 몸을 불살라 지키는 황제인데.

그동안 어떤 대통령도, 어떤 왕도, 백성을 지키기 위해 자신의 몸을 내던지며 투쟁하던 존재는 없었다.

그랬기에 지후의 모습은 더욱 감동으로 다가왔다.

감동도 감동이지만 이제는 황제가 스스로의 몸을 조금이나마 챙기길 바라는 이지제국의 백성들이었다.

황제가 잘못되기라도 한다면 자신들이 지금 누리고 있는 모든 것들이 그저 신기루가 되어 흩어진다는 사실을 누구보다 잘 알고 있었기 때문이다.

다른 주인이 어떻게 대해줄지는 모르지만 지금의 생활은 절대로 불가능하다는 사실 만큼은 모든 종족이 제대로 알고 있었다.

그랬기에 지금 쓰러진 지후를 바라보는 모든 시선들은 안절부절 하지 못하고 있었다.

혹시라도 이번 전투로 인해 부상이라도 입었다면 다가올 전쟁에서 큰일이 날 수도 있었기 때문이었다.

차원전장은 갈수록 강자를 만날 수밖에 없는 시스템이었고 이번 전쟁은 큰 피해가 없는 듯이 보였지만 모두에게 경각심을 심어주고 있었다.

믿고 의지하던 듬직한 황제가 피투성이가 되어 쓰러졌다.

물론 적을 쓰러뜨린 뒤에 쓰러진 것이지만 이 사실은 그동안과는 다른 양상이었기에 걱정을 하지 않을 수가 없는 상황이었다.

지후는 아영과 소영에 의해 성으로 옮겨졌다.

다급하게 도착한 지현은 지후의 전신에 계속해서 힐을 퍼부었다.

지현을 필두로 서른 명의 힐러들이 지후를 향해 힐을 들이 붓고서야 지후의 상처들이 아물며 정상적인 안색으로 돌아올 수 있었다.

지현과 서른 명의 힐러들이 지후의 방에서 돌아갈 땐 대부분 부축을 받으며 나가야만 했다.

지후의 치료에 모든 기운을 쏟아 부어 걸을 기운조차 남아 있지 않았기에 병사들의 부축을 받아 지후의 침실에서 나갈 수가 있었다.

지후는 이틀을 꿈쩍도 하지 않고 잠만 잤다.

힐로 치료를 받았지만 그것만으론 치료가 되지 않는 부분도 있었기 때문이다.

지후는 마왕과의 싸움에서 정신적으로도 많은 피로를

느꼈기에 육체가 어느 정도 회복을 했지만 잠에서 깨어나
질 않았다.

마왕이 혹시나 변덕을 부릴까봐 싸우는 중에도 계속해서
혈마에게 신경을 주시하고 있었던 지후였기에 많은 심력을
소모할 수밖에 없었다.

지후는 오늘도 빌어먹을 꿈속을 헤매고 있었다.

그리고 오늘도 어김없이 무림에서의 자신의 아버지였던
황보세가의 가주를 만났다.

아버지는 고맙다는 말을 남기며 지후의 앞에서 신기루처
럼 사라졌다.

그 모습을 보며 지후는 역시나 가문의 똥을 치워달라고
자신의 꿈에 찾아 왔었다는 사실을 확신할 수 있었다.

확실히 그 꿈이 아니었다면 무림인들을 봤을 때 그저 반
갑다는 감정 정도만 느끼고 죽였을 지도 몰랐다.

자신에게 있어서 소중한 건 가족과 이지제국 뿐이었으니
까.

인연이 닿아 있지만 전쟁터에서 적에게 자비를 베풀 인
간은 아니었으니까.

전쟁터에서 그런 자비만큼 어리석은 게 없다고 생각하고
있는 사람이 지후였으니까.

하지만 이번만큼은 뒤숭숭했던 꿈자리로 인해서 그 어리
석은 짓을 자신이 직접 했다.

그게 다 자신의 아버지가 가문의 치부를 바로잡기 위해서 벌인 일이었다고 생각하니 어이가 없기도 해서 피식 웃음이 나왔다.

'저승에서 욕 좀 많이 잡수셨나 봅니다. 버린 자식인 제 꿈속까지 찾아와 그때 살수들을 죽인 건 자신이었다고 생색까지 내신 걸 보면. 그래서 이젠 어깨 좀 피고 살만 하십니까? 가문의 체면 때문에 버렸던 제가, 전생에도 이번 생에도 무림을 구했습니다. 그러니 이제는 제 꿈에 나타나지 마시고 편히 쉬세요.'

이미 사라진 아버지를 향해 지후는 꿈속에서 홀로 중얼거렸다.

이제 그만 꿈에서 깨야 할 때라는 사실을 인지한 지후는 의식을 되찾으며 눈을 떴다.

눈을 뜨고 가장 먼저 보인 건 아영과 소영이었다.

왼쪽 허벅지를 마사지 하고 있는 아영과 오른쪽 종아리를 마사지하고 있는 소영에게 지후는 양손을 뻗어 머리를 쓰다듬어 주었다.

갑작스러운 지후의 손길에 두 사람은 흠칫 놀라며 지후를 바라봤다.

얼마나 열심히 마사지를 한 건지 두 사람의 이마에는 땀이 송글송글 맺혀 있었다.

"일어나셨어요?"

"응."

"오빠 걱정했어요."

"미안. 그래도 약속은 지켰어."

"네?"

"이기고 돌아온다고 했잖아."

"그럼 이렇게 다치진 말았어야죠!"

소영은 지후의 옆구리를 살짝 꼬집었고 아영은 말없이 지후의 가슴을 주먹으로 내리쳤다.

퍽.

아프진 않았다.

하지만 얼마나 가슴을 졸이며 걱정을 하고 있었는지 그 주먹에 담긴 메시지를 통해 제대로 알 수 있었다.

아영의 눈가에서 또르르 흐르는 눈물에 지후는 괜히 미안한 감정이 느껴졌다.

"걱정시켜서 미안."

"제발… 혼자서 다 짊어지고 싸우려고 하지 말아요. 당신의 곁에 얼마나 많은 사람들이 있는데요."

"오빠는 언제까지 혼자인 것처럼 싸우실 거예요? 제발 지켜보는 우리 입장도 생각해 줘요."

"미안…."

지후는 아영과 소영에게 한참 동안을 설교와 책망을 들어야만 했다.

부인이 둘이니 걱정도 두 배로 받았고, 잔소리도 두 배로 받았다.

지후는 오랜만에 운기조식을 하기 위해 두 사람을 내보 냈고 두 사람은 식사를 준비시키겠다며 밖으로 나갔다.

오랜만의 운기조식을 통해 자신의 몸이 조금이나마 달라 졌다는 사실을 지후는 느낄 수 있었다.

이제는 운기조식이 필요하지 않은 몸이었지만 해보길 잘 한 것 같았다.

운기조식을 통해 자세히 살펴본 자신의 육체는 자연경의 경지를 뛰어 넘어 있었다.

딱 뭐라고 정의를 내리긴 힘들었지만 지후의 몸은 기억 하고 있었다.

마왕에게 마지막 일격을 날렸던 그 주먹과 그 감각을.

지후는 그 감각을 생각하며 그 덕분에 자신의 육체에 미 묘한 변화가 생겼다는 사실을 알 수 있었다.

이미 자연경의 끝자락에 있었다는 사실은 예전부터 알고 있었지만 그 이상은 어떻게 해야 할지 들어본 적도 그 어떤 실마리도 찾을 수 없었기에 그동안은 잡을 수 없는 구름과 도 같았지만 이제는 아니었다.

드디어 실마리를 잡았기에 지후는 기분 좋은 미소를 지 으며 운기조식을 마칠 수 있었다.

운기조식을 마치고 자리에서 일어난 지후는 오랜만에

허기가 느껴지는 배를 쓰다듬으며 식당으로 향하고 있었다.

상다리가 휘어질 정도로 차려진 식탁은 지후가 접시를 비울 때마다 새로운 음식으로 채워졌다.

힐러들의 도움으로 상처도 치료됐고 운기조식을 통해 꼼꼼히 점검도 마쳤지만 떨어진 열량을 채우는 데는 음식만 한 것이 없었다.

또한 싸우며 워낙 체력이 떨어진 상태였고 특히나 이런 부분은 정신적인 만족과 직결해 정신적인 회복에 큰 도움을 주기 때문에 지후는 맛있는 음식들을 정신없이 흡입했다.

지후는 3시간 정도를 정신없이 식사에 몰두하고서야 식사를 끝냈다.

지후가 식사를 마치고 후식을 음미하기 시작하자 지후의 앞으로 한사람씩 얼굴을 드러냈다.

가장 먼저 누나와 매형이, 그 뒤를 지수와 윌슨이 아이를 안고 들어왔다.

그 후 윌로드와 폴이 들어와 지후와 대화를 나눴다.

"형님. 정말 명도 질기십니다. 이번엔 정말로 끝인가 싶었는데 기어코 살아 돌아오시네요."

윌슨의 얄미운 말에도 지후는 딱히 화를 내진 않았다.

말투는 틱틱대고 있었지만 싸울 때 이어폰에서 울부짖던

윌슨의 목소리가 여전히 지후의 귓가에 맴돌았기 때문이다.

윌슨은 옆에 있던 지수에게 무슨 말을 그렇게 하냐며 등짝 스매싱을 맞고서야 입을 다물었다.

눈가에 고인 눈물로 보아 그가 얼마나 지후의 걱정을 하고 있는지 지후는 느낄 수 있었지만 언제나 매를 버는 윌슨의 입이 아니겠는가?

저 한결같은 모습이 지후가 윌슨을 좋아하는 이유이기도 했지만.

물론 조만간 날을 잡고 윌슨을 패줄 계획이긴 했다.

워낙 바빠서 그동안은 기회가 없었지만 조만간 시간을 내서 윌슨의 뼈마디를 다져놓을 생각이었다.

몇 달이 흘렀지만 지후는 여전히 윌슨에게 당했었던 캠핑장 화장실 사건을 잊지 않고 있었으니까.

뒤끝이 길기로 유명한 지후가 그걸 잊을 리가 없었고 조만간 시간을 내서 응징을 할 예정이었기에 오늘은 그저 웃으며 윌슨을 보고 있었다.

이어진 윌로드와 폴의 보고로 인해 지후는 머리를 감싸 쥐어야만 했다.

지후는 우선 새로 이지제국에 합류하게 된 백성들의 영토를 이지제국으로 이동 시켰다.

이제는 지구의 3배정도의 크기로 커진 이지제국이었고 종족들만 100종족이 넘었다.

엄청난 인구였지만 넘쳐나는 자원과 곡식이 무럭무럭 자라나는 환경은 그들이 생활하는데 아무런 부족함이 없도록 하고 있었다.

"폐하…."

월로드가 무게를 한껏 잡으며 지후에게 말을 잇고 있었고 지후는 올게 왔다는 심정이었다.

"왜? 할 말이 있으면 해. 괜히 분위기 잡지 말고."

"일단 폐하께서 감옥에 가두라고 명하셨던 적들은 전쟁이 끝난 뒤부터 조금씩 치료를 시작해 두 시간 전에 모든 인원의 치료를 끝마쳤습니다."

어차피 더는 미룰 수도 없었고 해결을 해야만 하는 상황이었기에 지후는 하는 수 없이 모든 사실을 말해야겠다는 생각이었다.

"잘했어. 역시 월로드의 일처리는 믿음직스럽다니까. 시키지 않아도 알아서 척척 한단 말이지."

지후의 말에 월로드는 내심 기분이 좋았지만 지금은 그런 감정보다는 지후와 그들의 관계가 궁금했다.

월로드 뿐만이 아니라 지금 이 자리에 있는 모두가 한마음 한뜻이었다.

전쟁터에서 보여준 지후의 모습은 그들과 무관하다고 하기엔 분명히 문제가 있었으니까.

분명 뭔가 관계가 있는데 그게 뭔지 도무지 예측이 안

됐기에 모두는 각자의 생각으로 지후와 그들의 관계를 추리하고 있었다.

그들은 다른 차원의 종족이었기에 추리를 하면 할수록 미궁에 빠지고 막장이었다.

"하…. 다들 궁금해 죽겠다는 표정이네."

직접적으로 물어보진 못하고 있었지만 다들 듣고 싶던 대답이 지후의 입에서 나오자 기대감과 호기심에 가득 찬 눈빛으로 지후만을 바라보며 귀를 쫑긋 세우고 있었다.

◇

"너희는 전생을 믿냐?"

"네?"

"오빠!"

"에이~ 형님 뻔히 뭔가 있는데… 얼렁뚱땅 헛소리 하면서 빠져나가려고 하지 말고 똑바로 말해요. 궁금해서 밤새 한숨도 못 잤으니까 빨리 말해 봐요. 듣고 자러 가게. 내가 그거 듣겠다고 지금 이 자리에 왔는데. 전생 같은 헛소리 좀 하지 말고 제대로 말해 봐요!"

허… 새끼… 넌 내 걱정을 한 게 아니라 이게 궁금해서 왔던 거였구나.

역시 윌슨 넌 형을 배신하지 않는구나.

"믿고 안 믿고 그건 너희 자유야. 믿지 않으면 다른 차원의 종족들과 나랑 인연이 있다는 걸 어떻게 설명 할 건데? 그러니까 말 끊지 말고 들어.

내가 지금의 이지후로 태어나기 전, 그러니까 전생에 저들과 인연이 있었어.

전생의 내 이름은 황보지환이었어. 지금의 저들은 내가 죽고 30년이 흐른 상황이더군.

그곳에서 죽고 이곳에서 다시 태어났을 때 나는 어렸지만 전생을 똑똑히 기억하고 있었어.

그래서 난 처음부터 누구보다 강했던 거야.

난 저들의 세계에서 정점까지 올라갔었거든."

지후의 말에 모두는 입을 벌린 채 경악을 할 수밖에 없었다.

아니라고 하기엔 그가 처음부터 보여줬던 무력이 증거였고, 그 무력은 헌터들과는 전혀 달랐고 압도적이었으니까.

"오빠… 그럼 혹시 전생의 가족들이 살아있나요…?"

소영은 뭔가 불안감이 가득한 눈빛을 지우지 못하고 지후에게 질문을 하고 있었다.

그 질문에 지후의 미간이 살짝 찌푸려졌지만 내색을 하지 않고 금방 답변을 해주었다.

"없어. 아마 없을 걸. 애초에 내 전생의 삶은 지금처럼 행복하지 않았으니까. 가족이 없었어. 그나마 생겼던 가족은 얼마가지 않아 죽었고. 지금 저 녀석들에게 난 전설? 신화? 뭐 그런 존재야. 나를 알아볼만한 녀석들도 대부분 죽었고 그나마 내 기억에 있는 인연이 있는 이들 중에도 둘만 살아 있었어."

"아 그렇다면… 전투 중에 대화를 했던…."

"맞아. 조금 치사하긴 하지만 그들에게 나를 기억나게 해줬지. 덕분에 당황해서 개네들은 힘을 제대로 쓰지 못했고 난 그 틈을 이용해 상황을 빠르게 마무리 할 수 있었고."

"생각이상으로 치사하네."

윌슨의 한마디에 모두가 살기어린 눈빛으로 윌슨을 째려 봤다.

한참 진지하게 대화를 하고 있었는데 눈치 없이 산통을 깨버린 윌슨의 한마디에 다들 분노를 느꼈기 때문이다.

윌슨도 자신을 향한 모두의 살기어린 눈빛을 느낀 건지 바로 고개를 숙이고 딴청을 했다.

자신의 부인마저 살기어린 눈빛으로 자신을 바라봤기에 윌슨은 그곳에서 오롯이 혼자였다.

지수도 내심 오늘 본 윌슨의 행동에 자신의 오빠가 남편을 그토록 갈구는 데는 이유가 있다는 생각을 하며 지후를 십분 이해하고 있었다.

지후가 전생에 어떤 삶을 살았는지는 궁금하지만 차마 물어볼 수가 없었다.

그런 얘기를 자세히 해줄 인간이 아니고 무엇보다 대화가 길어질수록 귀찮다는 표정이 역력했기에 모두 대충 대화를 마무리 할 수밖에 없었다.

적지만 괜찮은 단서를 얻을 수 있었기에 지후에게 직접 듣는 건 모두가 포기하고 있었다.

지후는 그곳에서도 대부분 알만한 존재였다고 했으니 지후가 무림인이라고 말하는 종족들에게 지후의 전생에 대해 직접 물어보면 될 일이었기에 다들 지후에게 직접 들어야만 한다는 생각은 없었다.


다음 날.

지후의 백성으로 새로 편입된 모든 종족들이 지후를 향해 충성서약을 하는 행사가 한참 진행되고 있었다.

그곳엔 지후에 의해 의식을 잃고 이지제국의 감옥으로 끌려갔던 무림인들도 자리하고 있었다.

모두가 지후를 향해 충성을 맹세했고 마지막으로 무림인들의 차례였다.

무림인들은 지후의 앞에 꽤나 많은 사람들이 나와 있었다.

보통 한명의 수장이 나오는 것이 관례였지만 무림인들은 지후의 앞에 많이도 나와 있었다.

지후는 그런 무림인들을 노려봤다.

역시나 가장 앞에 있는 건 혈마였고 그 뒤를 무당장문인과 검후가 따랐다. 남궁지학이나 다른 수많은 현경의 무인들도 뒤쪽에 자리를 잡고 있었다.

지금은 누가 가장 강하고 약하고 이런 걸 따지는 자리는 아니었다.

지후는 이 자리에 단 한명의 수장이 아닌 20여명의 무인들이 나와 있는 것을 보고 점점 인상이 굳어져가고 있었다.

지후의 점점 굳어지는 인상을 보며 무당파의 장문인이 먼저 입을 열었다.

"폐하. 저희는 과거에 수장을 한 번 잘못 뽑아서 고생을 치러야만 했습니다. 잘못을 되풀이 하지 않도록 폐하께서 직접 지금 앞에 나온 저희들 중 한 사람을 수장으로 임명해 주셨으면 합니다."

지후는 들려온 말에 절로 인상이 찡그려 졌다.

마치 너희 가문의 인간으로 인해 이 사단이 일어났으니 책임을 지라는 말투였기에 지후의 미간엔 깊은 주름이 파이고 있었다.

"너희는 나를 대체 어떻게 생각하고 있는 거지? 내가 너희들의 반장선거에서 반장을 뽑아줄 정도로 한가해 보이나? 건방지게 누구에게 뭘 시키고 있는 거지?"

지후의 음성은 너무나도 싸늘했고 그제야 자신들이 실수를 했다는 사실을 알 수 있었다.

소문으로 듣기에 이곳은 너무나 살기 좋고 이지제국의 황제는 너무나도 좋은 사람이라고 평가되고 있었기에 조금 쉽게 생각한 것도 사실이었다.

결정적으로 이지제국의 황제가 자신들과 관련이 있는 사람이라는 사실이 지후에 대해 조금이나마 눈치 챈 자들에 의해 퍼졌기에 지후를 만만하게 본 것도 사실이었다.

아니, 자신들을 특별취급을 해줄 것이라 믿었다.

그랬기에 이중 하나가 아닌 몇몇에게 좋은 자리를 줄 거라고 생각했고 감투를 좋아하는 무림인들은 자신들을 특별취급 해주기를 바라며 이 자리에 올라와 있었던 것이었다.

소문이 사실이라면 그는 자신들이 이런 삶을 살게 된 것에 아주 책임이 없지 않았으니까.

"내가 아무나 뽑아도 너희가 납득할 수 있을까? 너희는 대체 뭘 원해서 이 자리에 나온 거지?"

"우선 한 가지 여쭙고 싶습니다. 폐하의 진정한 정체가 대체 무엇입니까?"

"그게 왜 중요하지? 주제파악을 좀 해야 할 필요성이 있다고 생각되지 않나?"

지후는 무당파 장문인을 향해 살기를 뿌리며 인상을 찡그리고 있었다.

무당파의 장문인이나 앞에 나와 있는 무림인들은 자신들이 생각했던 것과 전혀 다른 반응이 나오자 당황하고 있었다.

만약 지후가 무림인이 맞다면 자신들을 홀대하지 않을 거라 착각하고 있었다.

지후는 그들이 이지제국에서 마음 편히 살 수 있도록 정착을 도울 계획이었다.

무림이라고 특별할 건 없었다.

다른 종족들도 이지제국의 백성이 될 땐 정착이 쉽도록 도와주니까.

딱 그 정도만 해줄 생각이었다.

지후는 무림에 이미 충분히 많은 것을 베풀었다고 생각하고 있었다.

차원전쟁에서 수고를 감수하고 모두를 살려 감옥으로 보냈으니까.

물론 그들이 이지제국에 편입이 되면 전력이 올라갈 거라는 생각은 했지만 모두를 살리기 위해 고생을 하며 수고를 할 필요까지는 없었다.

그건 과거 무림인이었던 자신의 배려이자 한때나마 황보세가의 일원이었던 자로서 이들에게 느끼는 죄책감이었다.

그런데 딱 거기까지였다.

지후의 입장에선 정말로 충분히 베풀었다.

그들을 위해 개죽음도 한 번 경험했었기에 더 이상 베풀어줄 배려는 없었다.

지후는 더 이상 어느 한 종족만 신경 쓰면 되는 곳의 수장이 아니었다.

그들은 소문의 황보지환의 환생이 맞다면 황보세가의 일원으로서 자신들을 보살펴줄 의무가 있다고 착각하고 있었고 지후는 전혀 그들에게 특권을 줄 생각이 없었다.

그들은 앞으로 이지제국의 병사이자 백성으로 모두와 똑같은 삶을 살아가면 되는 것이었다.

"폐하! 이건 저희에게도 폐하에게도 중요한 문제이옵니다. 폐하가 정녕 황보세가의…."

"그만!"

무당파 장문인은 지후의 살기를 뚫으며 계속 말을 이었지만 진심으로 짜증이 난 지후의 사자후에 말을 멈출 수밖에 없었다.

무당 장문인은 지후의 기세에 너무나 놀라고 있었다.

지난번은 자신이 방심해서 졌다고 생각했었다.

아니, 사실 그는 졌다고 인정하지 않았었다.

그런데 지금 느껴지는 살기는 지난번과는 차원이 달랐다.

자연경에 오른 자신을 이렇게까지 압도할 것이라곤 생각하지 못했기에 지난 전투에서 지후가 봐주었던 것이라는 생각이 미치자 몸이 미친 듯이 떨려왔다.

호랑이의 수염을 뽑은 것만 같은 불길한 기분이 계속해서 들었고 몸의 떨림이 멈출 기미가 보이지 않았다.

"이제제국엔 노예가 없지. 그렇기에 너희가 나에게 그런 질문을 할 수도 있는 거겠지. 그렇지만 영원히 노예가 없을 거라고 하진 않았어. 건방지게 주둥이를 함부로 놀린다면 고기방패로 사용해 주지. 내 기분을 더럽히면서까지 너희를 백성으로 받아들일 생각은 없으니까.

그리고 이 자리에서 확실하게 매듭짓도록 하지.

난 너희가 생각하는 것처럼 황보지환이 맞아.

아니, 황보지환이었지.

하지만 지금은 아니야.

지금의 난 황보세가의 황보지환이 아니라 이지제국의 황제인 이지후다!

너흰 내가 거느린 일백 종족 중 하나일 뿐이야.

특권을 바라지도 저지를 생각도 하지 마.

내가 너희들의 사고방식을 누구보다 잘 알고 있지.

'힘 있는 자가 세상을 가진다.'

'가진 자가 더 갖는다.'

'약하면 죄다.'

왜 모르겠어? 나도 그렇게 살아봤는데.

하지만 이곳은 아니야.

혹시라도 너희가 그런 사고방식을 가지고 이곳에서 분란을 일으킨다면 난 너희들의 목을 베어버릴 것이다."

여긴 너희가 생각하는 곳과 다르거든.

오롯이 내 의지가 법인 곳이야.

"하지만 저희가 왜 이런 꼴이 됐는지 정녕 모르십니까? 그것에 정녕 일말의 책임도 느끼지 못하시는 겁니까?"

"너희는 뻔뻔하군. 자신들이 잘못을 저질러놓고 나에게 땡깡을 부리다니. 내가 그리 만만한가?

일단 너희들이 떼를 쓰는 이유를 모두가 알아야겠어.

그리고 너희가 다른 종족들에게 타당하다는 밀을 듣는다면 나도 너희들의 말을 존중해주지."

무당 장문인은 이 일을 모두가 아는 건 찝찝했다.

생각이 있다면 억지라는 사실을 단숨에 알 테니까.

하지만 강호의 편협한 사고방식으로 살아온 무인들은 그런 정상적인 사고방식과는 거리가 멀었다.

그곳은 힘이 법인 곳이었고 상식보단 힘이 우선인 곳이었으니까.

지후는 목소리를 가다듬고는 모두가 들을 수 있도록 내공을 퍼뜨리며 입을 열었다.

"모두 잘 들도록. 나는 보통 인간들과 다르다.

전생을 기억하고 있지.

지금은 내가 지구인이지만 전생은 지금 내 앞에 있는 저들과 같은 무림인 이었지.

차원은 다르지만 그곳에서도 난 강했다.

물론 지금만큼 강하진 않았지만.

그곳은 차원전장과 매우 닮은 곳이었지.

툭하면 싸움이 벌어졌으니까.

강호라는 곳은 그런 곳이었거든.

강호에서의 삶?

그다지 좋은 기억은 없었어.

황보세가라는 명문가문에서 첩의 아들로 태어나 버림받아 쫓겨 다녔지.

그렇게 20년을 떠돌아다니다가 겨우 정착을 했을 땐 마교라는 적들에게 부인과 딸을 잃었고.

그 후의 내 삶은 복수를 위해 피로 얼룩진 삶이었어.

그렇게 피에 찌들어 매일을 싸움으로 보내고 나서야 난 그곳에서 정점에 올랐다.

그리고 나와 반대편의 정점에 오른 자와 싸워 동귀어진을 하며 개죽음을 당하며 생을 마감했지.

여기까지가 내가 저들의 차원에서 눈감는 날까지 살아온 인생이지.

그 후에 지구에서 태어나 이지제국의 황제가 된 것이다.

그런데 웃긴 게 뭔지 알아?

정마대전으로 사분오열된 머저리들이 나를 영웅으로 칭송하며 뭉쳤다더군.

나를 버린 가문의 자식들을 중심으로 말이야.

그런데 그놈들이 어지간히 무능했던 거지.

그리고 차원전쟁에서 내 핏줄이 무능해 저놈들은 제대로 싸워보기도 전에 노예가 됐다는 거야.

그래서 지금 나에게 책임을 지래.

내가 책임을 져야 할까? 대체 왜? 나를 버린 가문이 한 일 때문에 내가 왜 책임 져야 하지?

그들을 수장으로 선택한 건 내가 아닐 텐데?

내가 죽고 난 뒤에 일어난 일을 내가 왜 신경 써야 하지?

난 전쟁터에서 저들을 적으로 만났지만 누구 하나 죽이지 않았어.

그게 얼마나 귀찮고 신경 쓰이는 일인지 무기를 들어본 적이 있다면 알거야.

난 그들에게 충분한 배려를 해줬고 이지제국에서 살 수 있는 기회를 줬어.

이만하면 가문이 싼 똥도 치우고 할 만큼 했다고 생각하는데 너희는 어떻게 생각하지?

내가 만든 이지제국은 누군가에게 특권을 줄 필요도 그럴 이유도 없는 국가라고 생각하는데 말이야.

고작 백여 개에 이르는 종족 중 하나인 종족의 마음을 얻자고 좋지도 않은 기억이 가득한 인연을 이어가겠다고 지금 잘 굴러가던 이지제국의 기반을 흔드는 일을 해야 할까?

그렇게 해야 한다면 난 저들을 버리는 게 낫다고 생각해.

저들로 인해 이지제국이 흔들릴 바에는 저들을 버리는 게 낫지.

굳이 몸속의 암 덩어리를 자라도록 내버려둘 이유가 전혀 없으니까.

난 과거에 얽매일 정도로 정이 많거나 나약한 인간이 아니야.

현재를 살며 미래에도 이지제국이 살아남기 위한 방법을 생각해야만 하지."

지후의 말이 끝나자 이지제국의 백성들은 무림인들을 향해 날카롭고 싸늘한 시선을 쏘아 보내고 있었다.

이지제국은, 황제는 그동안 모두에게 평등한 권리를 행사하고 누릴 기회를 줬다.

자신들의 차원보다도 지금 이지제국의 삶이 편안하다고 느끼는 종족들도 적지 않았기에 무림인들이 바라고 있는 요구는 너무나 터무니없다고 생각하는 이지제국의 백성들이었다.

무림인들은 모두가 입을 벌린 채 다물지 못하고 있었다.

헛소문이라고 생각했지만 진실이길 빌었다.

그리고 그게 진짜라는 사실을 안 지금 너무나 기뻐 감정이 복받칠 것 같았지만 지후의 싸늘한 음성과 시선에 무림인들은 고개를 들 수가 없었다.

황보지환이… 그 황보지환이….

살아있을 땐 권왕으로, 죽어선 무신이라 불렸던 사내가 이곳의 황제가 되어 살아있었던 것이다.

대부분 무림인들은 이번 전쟁에서 지후가 자신들을 죽이지 않고 생포한 이유를 알 수 있었다.

자신들을 살리기 위한 유일한 방법이었으니까.

그가 황보지환이 맞다는 게 거짓이 아닌 사실이라면 자신들과의 전쟁에서 보여줬던 무공들을 이해할 수 있었다.

그렇지 않고서야 문파의 절기를 사용하는 적의 황제를 이해할 수 없었으니까.

무림인들의 연합체는 지후의 말로 인해 빠르게 무너지고 있었다.

무림인들을 향해 지켜보던 백성들이 물건을 던지기 시작했다.

지후는 알게 모르게 이지제국 내에 종족간의 갈등이 존재하고 있다는 사실을 요즘 들어서 자주 접하고 있었다.

그랬기에 종족간의 갈등을 봉합하기 위해 지금 무림인들을 타겟으로 삼고 있었다.

그들의 욕심도 옳지 않았지만 지금의 상황에서 무림인들

의 욕심을 받아주거나 그들이 이지제국 내에서 불협화음을 일으킨다면 상황이 악화될 거라는 확신 때문이었다.

무림인들의 선동과 불같은 성격은 지후가 익히 알고 있었기 때문이다.

그리고 그들이 얼마나 쉽게 싸움을 하는지도.

분명 이대로라면 수틀리면 아무렇지도 않게 싸울 게 분명했다.

차라리 노예라면 명령을 내려 막겠지만 지후는 백성을 노예로 대하지는 않았고 앞으로도 그럴 생각은 없었다.

무림인들이 지후에게 뭔가를 요구하러 나온 것이었지만 지후는 그런 무림인들을 이용하고 있었던 것이다.

이지제국의 수많은 종족들과 백성들은 무림인들을 욕하고 물건을 던지며 다시금 생각하고 있었다.

황제는 결코 그런 분쟁을 용납할 사람이 아님을.

인연이 적지 않은 종족을 대놓고 내치려는 황제의 모습을 보고 그걸 자신들의 종족이라고 생각하니 소름이 돋아 더욱 무림인들을 향해 성토하며 거세게 욕을 하고 있었던 것이다.

무림인들은 날아오는 물건들과 오물들을 맞으며 몸을 부르르 떨고 있었다.

자신들의 생각했던 대답과는 너무나 다른 대답이었기 때문이다.

그는 과거에 황보지환 이었지만 지금은 아니었다.

더는 그들이 예전에 알던 황보지환이 아니었다.

정파의 수뇌부들이 회의하고 결과를 통보하면 들어줬던 황보지환은 더 이상 없었다.

지금의 그는 이지제국의 황제인 이지후였다.

생김새만 달라진 게 아니었다.

그의 신분은 이제 자신들이 어떻게 할 수 있는 대상이 아니었다.

무림인들은 더 이상 자신들이 알고 있던 황보지환이 아님을 확인하고는 고개를 숙이고 용서를 구할 수밖에 없었다.

이대로라면 이지제국의 첫 노예가 되거나 내쳐질 게 뻔했으니까.

지금이라도 용서를 구한다면 이곳에서 정착해 살 수 있을 것 같았기에 모두는 한마음으로 용서를 구할 생각이었다.

하지만 여전히 납득하지 못하는 인물이 있었다.

지후의 앞으로 화산파의 검후 곽수연이 걸어 나오고 있었다.

"할아버지. 아니, 폐하."

일부러 저러는 것이다.

지후는 느낄 수 있었다.

수연이 자신에게 뭔가 바라는 것이 있음을.

"왜?"

"증명해 주셔야 합니다. 폐하께서 황보지환이 맞다는 사실을요."

"우습군. 너나 지학이는 내가 황보지환이 맞다는 사실을 알고 있을 텐데?

부정할 이유라도 찾고 싶은 건가?

그렇다면 부정해도 좋아.

내가 황보지환이 맞고 아니고가 왜 중요하지?

이미 너희들은 내 백성이 됐어.

내가 누구인가가 중요한 게 아니란 말이지.

이제는 너희가 섬겨야 할 황제가 누구인지 그것만 기억하면 되.

내가 너희에게 증명할 이유는 없어.

그리고 난 더 이상 너희가 생각하는 황보지환이 아니야.

이지제국의 황제인 이지후다."

지후의 말은 한기가 들 정도로 싸늘하고 차가웠다.

그런 지후의 말에 수연의 눈가엔 눈물이 흘러 내렸다.

예전에도 지금도 그와 자신의 입장은 너무나 달랐다.

이루어 질 수 없었기에 그저 어린 아이의 치기라 생각하며 가슴속에 깊이 묻었었다.

그가 죽은 뒤에야 자신의 진짜 감정이 무엇인지 알았지만 이미 그는 세상을 떠난 뒤였다.

그랬기에 자신은 마음에도 없던 검의 길을 걸었다.

그를 잊기 위해 그가 있었던 위치와 조금이라도 가까워지기 위해 검을 휘두르고 또 휘둘렀다.

이제야 돌고 돌아 어렵게 만났는데 그는 부인이 둘이나 있는 황제였다.

무림에도 부인을 여럿 거느린 사내들이 제법 있었기에 그런 건 사실 아무런 문제가 되지 않았다.

영웅은 삼처사첩이란 말이 강호에선 실제로 행해지고 있었으니까.

예전에는 나이의 벽이 자신과 그의 사이를 가로막았다면 지금은 신분의 차이가 가로 막고 있었다.

그랬기에 다른 무인들이 지후에게 하는 요구가 말도 안 되는 요구라는 사실을 알았지만 함께했던 것이었다.

조금이나마 그의 곁으로 갈 수 있는 신분을 얻을 수 있지 않을까 싶어서.

예전이나 지금이나 변하지 않은 성격이 하나 있었다.

자신의 고집은 절대로 꺾지 않는 그 고집불통의 안하무인의 성격은 여전히 변함이 없었다.

사실 지후는 상당히 많은 변화가 있었다.

예전보다 더욱 안하무인에 막 나가는 인간이 되었다.

하지만 그건 지금의 지후와 만난 지 얼마 안 되는 수연으로서는 알 수가 없는 사실이었다.

수연은 지후의 고집을 알기에 그가 지환 할아버지라는 사실을 알았지만 다가갈 수 없다는 사실도 알고 있었다.

절대로 자신을 여자로 보지 않을 남자가 바로 저 남자였으니까.

저 남자의 눈에는 자신은 영원히 시장에서 당과를 나눠 먹던 소녀로만 비칠 테니까.

물론 지금의 지후를 겪어보지 못한 수연의 착각이었다.

지후는 더 이상 수연을 어린 아이로 보지 않았다.

그동안 지구에서 살며 많은 사고방식이 달라졌으니까.

"아니요. 증명해야만 해요. 폐하가 저에게 황보지환으로 남을지 이지제국의 황제로만 남을지 결정해 주셔야만 해요."

"난 이지제국의 황제야. 황보세가의 머저리들이 너희들을 이 모양 이 꼴로 만들었다는 사실에는 죄책감을 느끼는 것도 사실이지만 그렇다고 달라질 건 없어. 더는 날 전생의 황보지환이라고 생각하지 말거라. 난 과거가 아닌 현재를 살고 있으니까. 지금의 난 이지제국의 황제인 이지후다. 나에겐 지켜야 할 수많은 백성들이 있어. 종족만 해도 백 종족이 넘어. 너희와 인연을 잘라낼 생각은 없지만 그렇다고 특별대우를 할 생각도 없어. 예전의 수연인 안 그랬는데 지금은 조금 실망이야."

"하지만 저에겐 중요한 문제에요. 특별대우를 바라는 게 아니에요. 당신과 나. 우리 둘만의 문제를 물어보는 거예요. 당신은 나에게 황보지환 할아버지 인가요? 이지제국의 황제인가요? 제대로 대답해주세요."

'당신이라고? 이제는 할애비한테 못하는 말이 없구나 수연아. 발육만 좋아진 줄 알았더니 아주 간덩이도 커졌어.'

제발 지환 할아버지라고 대답해줘요.

아직은 그 시절 우리의 인연이 끊어지지 않았다고.

지후는 당황스러웠다.

대체 무슨 소리를 하고 있는 것인지 도무지 이해가 되지 않았다.

그런 수연의 마음을 어렴풋이 읽은 아영은 당황을 금치 못하고 있었다.

하지만 지후의 잘못이 있던 건 아니었기에 지후에게 뭐라고 할 만한 상황도 아니었다.

그저 한쪽의 일방적인 생각일 뿐이었으니까.

하지만 너무나 아름다운 수연의 모습에 아영은 절로 긴장이 되는 자신을 느낄 수밖에 없었다.

지후는 대답을 하지 않았다.

이제 해줄 수 있는 건 다 해줬다고 생각했다.

무림인들이 편히 지낼 수 있는 보금자리를 만들어 줬으니까.

무림에서 자신과 인연이 남아있다고 할 만한 사람은 곽수연과 남궁지학이 다였으니까.

그렇지만 왠지 그 둘마저 내치고 싶지는 않았다.

전생의 기억이지만 결코 나쁘지 않았으니까.

아니, 피로 얼룩진 전생에 부인과 딸을 뺀다면 유일하게 기분 좋은 기억이 그 둘이었으니까.

쉽사리 지후의 입은 떨어지질 않았다.

그때 아영이 둘 사이를 가르며 끼어들었다.

아영은 수연을 향해 씽긋 웃으며 입을 열었다.

"불쾌하다면 죄송해요. 하지만 그의 부인으로서 충분히 나설 자격이 있다고 생각해요."

수연은 분하지만 고개를 끄덕일 수밖에 없었다.

"네."

"한 가지만 묻고 싶어요. 수연씨가 지금 지후씨에게 묻는 질문이 무림인 전체를 대변하는 질문인지, 아니면 수연씨 개인으로서의 질문인지."

수연은 아영의 말에 한방 맞은 것만 같은 기분이었다.

눈앞의 여인은 마치 자신의 속마음을 아는 것처럼 정곡을 제대로 찔러 오고 있었다.

말하는 표정으로 보아 자신의 의도를 눈치 채고 있는 듯해 보였기에 수연은 당황할 수밖에 없었다.

수연이 쉽사리 말을 꺼내지 못하자 아영이 먼저 말을

이었다.

"만약 수연씨 개인으로서의 질문이라면 조만간 개인적으로 지후씨와 자리를 갖도록 해요. 그게 아닌 무림인 전체를 대변하는 말이라면 아마 지후씨가 대답을 해줄 거예요. 그리고 어떤 대답일지는 예상할 수 있을 거고요."

수연은 아영의 말이 의미하는 바를 알 수 있었고 자신에게 자리를 마련해준다는 사실에 고마움이 들었지만 그의 옆에 있는 모습에 질투도 같이 들어 물러서는 것이 쉽지 않았다.

여기서 물러서지 않고 무림인 전체를 대변하는 것이라고 말을 한다면 아마도 더 이상은 그와의 관계를 개선할 기회를 얻을 수 없을 것이었고 지후의 입에서 들려올 대답은 충분히 예상이 되고 있었기에 더는 억지를 부릴 수가 없었다.

질투도 나고 자존심도 상하지만 지금 이대로 자신이 물러서지 않는다면 돌아올 대답은 뻔했기에 수연은 몸을 돌려 무림인들을 지나쳐 백성들이 모여 있는 곳으로 내려갔다.

그런 수연을 바라보며 지후의 앞에 있던 무림인들의 표정이 단번에 굳어지고 있었다.

검후가 어린 시절 그와 인연이 있었다는 걸 알고 있던 몇몇의 무림인들은 약간의 희망을 품었지만 그 희망은 단숨에 무너지고 말았다.

지후는 검후가 내려간 것을 보고 안도의 한숨을 쉬었다.

할애비로서 어린 시절 먹이고 키운 손녀 같은 아이의 가슴에 대못을 박고 싶지는 않았으니까.

차라리 지학이처럼 아저씨 같은 모습으로 나타나면 대답하기 편하기라도 할 텐데.

너무 아름답게 잘 자라서 나타났다.

그렇다고 여자로 느끼는 건 아니었지만 상처를 주기 싫다는 생각정도는 드는 외모였기에 지후는 상황을 정리해준 아영에게 고마움을 느끼며 한걸음 내딛었다.

"모두에게 말하지. 난 황보지환이 아니다.

황보지환은 이미 죽었고 그건 그저 전생일 뿐이다.

난 이지제국의 황제 이지후다.

과거가 아닌 현재를 살아가는.

그러니 더 이상 나를 황보지환으로 바라보지 말도록."

지후는 말을 마친 뒤에 무림인들을 향해 걸어갔다.

"수장을 골라달라고 했었지? 골라주지. 다만 내 의견에 토를 다는 자는 모두 죽여주지.

내 말이 마음에 들지 않더라도 잘 생각해봐.

감히 너희가 내 말에 토를 달아도 되는 위치인지.

너희와 나의 신분 차이를 깨닫도록.

나는 건방지게 너희가 이래라 저래라 할 수 있는 그런 황제가 아니야.

그동안 너희가 살았던 곳과 이지제국은 엄연히 달라.

나의 법아래 모두가 평등하지.

이곳은 너희의 무력이 법이었던 강호가 아니야.

이지제국에서 분란을 일으킨 다면 모두 사형이다.

이 법은 너희뿐만이 아니라 모두에게 평등하게 적용되."

지후의 착 가라앉은 음성에 누구도 함부로 입을 열지 못하고 있었다.

"남궁지학 앞으로 나와."

남궁지학은 지후의 말에 한걸음 앞으로 걸어 나왔다.

"무림인들의 수장은 앞으로 남궁지학이 맡는다."

"충성을 다하겠습니다. 폐하."

남궁지학은 한 쪽 무릎을 꿇고 고개를 숙이며 지후에게 충성을 맹세했다.

이미 대세는 기울었고 아마도 눈앞의 황제는 자신과 수연을 따로 불러 대화를 할 생각으로 보였기에 남궁지학은 고개를 숙일 수밖에 없었다.

그런 남궁지학을 바라보는 혈마도, 무당 장문인도, 수많은 무림인들도 모두가 지후를 향해 충성을 맹세하며 무릎을 꿇었다.

인정하지 않는다면 죽는다는 생각이 머릿속을 지배했기 때문이다.

그의 눈빛은 결의를 담고 있었기에 누구하나 지후의 말에 토를 다는 이가 없었다.

더 이상 그는 무림에서 자신들에게 이용당해 동귀어진으로 희생한 황보지환이 아니었다.

그는 무림과는 비교도 할 수 없는 제국의 황제였고 예전과는 무력부터가 차원이 달랐다.

오늘은 윌슨의 할머니인 영국 여왕님의 생일 파티가 열리는 날이었다.

지후의 부모님은 오늘 쌍둥이들의 학교에서 중요한 행사가 있어 도저히 파티에 참석을 할 수 없었기에 지후 부부와 지현 부부가 참석해 자리를 빛내기로 했다.

참석을 하기 위해 지구에 있는 지수의 집인 버킹엄 궁전에 방문한 두 부부는 지수와 윌슨을 기다리며 차를 마시고 있었다.

"뭐하고 있어! 빨리 좀 나와!"

"알았어! 알았으니까 그만 보채고 좀만 기다려!"

결혼을 해도 전혀 달라지는 게 없는 지수와 윌슨의 모습에 모두가 차를 마시며 혀를 차고 있었다.

"지금 다들 너만 기다리고 있는 거 몰라?"

"나가! 나가니까 보채지 좀 마! 월터 기저귀 가느라 늦은 거잖아! 그리고 오늘따라 왜 자꾸 예쁘게 하고 나오라고 달달 볶는 건데!"

"아~ 미안! 그럼 오늘내로 못 나오려나?"

월슨의 말투는 지수를 한없이 비꼬는 말투였다.

"뭐?! 지금 나보고 못생겼다고 하는 거야? 언제 자기가 한번이라도 육아를 도와준 적이라도 있어? 언제 나한테 화장할 틈이라도 주긴 했어?!"

월슨의 발언에 지후를 포함한 모든 가족들은 월슨의 명복을 빌며 마시던 차를 내려놓고 산책로에서 산책을 하며 시간을 보냈다.

하필 부부싸움을 해도 눈치 보이게 자신들이 있을 때 하는 월슨을 보며 모두가 짜증을 냈다.

지후는 지수가 혼자 아이를 키우느라 고생하는 모습을 보며 조만간 월슨과 날을 잡아야겠다는 생각이 들었다.

한 시간 뒤 얼굴에 난도질을 당한 월슨이 지수와 함께 밖에서 산책중인 모두의 앞에 나타났다.

"누나 저 치료 좀 해주세요."

"너 언니한테 무슨 말버릇이야! 호칭 똑바로 안 해? 결혼한 게 언젠데 아직도 누나야 누나는! 누나라고 부르고 싶으면 나랑 이혼하던가!"

지수는 여전히 단단히 화가 나 있었다.

원래 지수가 한 번 화가 나면 오래가는 편이었다.

지후나 지수나 뒤끝이 꽤나 긴 편이었기에 윌슨은 오늘 일로 한동안 죽음을 경험해야 할 것이었다.

윌터가 아이치고 순한 편이기는 했지만 꽃다운 나이에 아이만을 키우며 성에서 지내는 생활은 지수에겐 생각이상으로 답답했다.

화려하게 스포트라이트를 받으며 살았던 연예인의 삶에 미련이 있는 건 아니었다.

다만 육아를 도와주거나 관심을 갖어주는 윌슨이 아니었기에 요즘 지수의 스트레스는 머리끝까지 차올라 있었다.

그런 지수는 집에서 아이만 보느라 제대로 꾸미지 못하는 날들이 많았는데 윌슨의 입에서 나온 자신을 비꼬는 말에 결국 폭발을 하고만 것이었다.

"누나~ 윌슨 얼굴 치료해 주지 마."

"왜?"

"상처는 낫지만 흉터는 남으니까. 저거 흉터 보면서 반성 좀 하면서 살라고. 애는 둘이 낳아놓고 나몰라라하고 지수만 고생시키는 거 보니까 치료받을 가치가 없어. 누나는 만약에 매형이 누나랑 아이는 팽개치고 윌슨처럼 살면 어떨 거 같아?"

"그게 인간이니? 죽여 버려야지. 윌슨 저거 전부터 마음에 안 들었어. 그래서 요즘 괜히 훈련장에 나와서 병사들 훈련하는 거 방해하면서 농담 따먹기나 하다가 늦게 들어가는 거였구만?"

"그거 애보기 싫어서 그러는 거래."

윌슨은 지후와 지현의 말이 너무나 얄미워 한마디 하고 싶었지만 옆에서 도끼눈을 뜨고 있는 지수로 인해 쥐 죽은 듯이 조용히 있었다.

"언니. 그래도 치료는 해줘. 할머님이 저 인간 얼굴을 보면 나를 어떻게 생각하시겠어."

"하긴. 그것도 그러네. 네가 진짜 고생이다 고생이야. 저런 화상을 만나서… 에휴…."

지현은 자신의 동생을 안쓰러운 듯이 바라보며 윌슨의 얼굴에 힐을 시전 했다.

똥개도 자기 집에서는 반은 먹고 들어간다는 말이 있듯이 윌슨은 자신의 가족들의 앞에서 언제 기가 죽었냐는 듯 의기양양한 모습을 보였다.

파티는 화기애애했고 재미있었다.

윌슨만.

영국 왕실에는 여전히 피오나가 있었다.

다만 더는 지후에게 찝쩍거리지 못했다.

지후의 신분이 신분이었고 이미 두 명의 부인이 있었기 때문이다.

하지만 공주는 자리에 오래 앉아 있을 수가 없었다.

월터가 공주의 얼굴만 보면 울어대서 공주는 눈물을 머금고 자리에서 일어나야만 했다.

"으아앙~ 응애~ 응애~"

공주가 없는 대도 월터가 우는 모습에 지수는 월터를 안아들고 달래기 바빴다.

월터를 키워줄 사람은 충분히 많았지만 지수는 다른 사람들의 손을 타며 월터를 키우고 싶지 않았고 엄마로서의 의무를 다하고 싶었기에 월터를 대부분 직접 키웠다.

다만 아빠의 의무를 하는 인간이 없었기에 거의 미혼모처럼 애를 키우는 상황이었다.

지수는 월터를 안아들고는 달래더니 식구들에게 양해를 구하며 자리를 뜨고 있었다.

"저 월터가 배가 고픈 것 같은데… 잠시 월터 밥 좀 먹이고 올게요."

여왕은 인자한 미소를 지으며 고개를 끄덕이고 있었다.

"힘들 텐데 혹시 직접 모유수유를 하는 거니?"

"네. 아이한테 그게 좋다고 해서요."

"모유수유? 풉~ 그게 가능해?"

윌슨의 한마디에 정적이 흘렀다.

지후나 지현은 파티가 끝났다는 생각이 들었다.

지수가 가장 민감하게 생각하는 부분을 윌슨이 제대로 비웃었기 때문이다.

한때 지후도 지수에게 남자 갑빠라고 말실수를 잘못했다가 오래도록 시달렸던 적이 있었기에 지금 너무나 긴박한 상황이라는 사실을 알 수 있었고 큰소리가 오가기 전에 빨리 자리를 뜨기 위한 타이밍을 보며 엉덩이를 들썩 거리고 있었다.

'차라리 제대로 말을 해! 왜 그 싱황에 웃어! 이 미친놈아!'

지수는 월터를 옆자리에 앉아 있는 언니인 지현에게 맡기고는 윌슨의 귀를 잡아당겼다.

지후는 할머님에게 양해를 구하더니 윌슨의 귀를 잡고 연회장을 빠져 나갔다.

여왕도 월로드를 통해 윌슨이 얼마나 철이 없는 행동을 하며 살고 있는지 들은 게 있었기에 변호해줄 말이 없었다.

밥 먹는 내내 혼자 신나서 쏘아대는 윌슨의 모습에 여왕은 가슴을 몇 번이나 쓸어내렸다.

사돈이지만 이지제국의 황제인 지후는 어려운 대상이었다.

그런 지후에게 막말을 하며 신경을 긁는 윌슨을 보며 직접 일어나 소리치고 싶었던 적도 식사를 하는 동안 몇 번이나 있었다.

하지만 보는 눈이 많아 간신히 참아내고 있을 뿐이었다.

결국을 자기 부인의 손에 이끌려 연회장을 나가고 있는 모습을 보며 여왕은 한숨만 나올 뿐이었다.

생일을 맞이한 여왕은 윌슨의 호적을 파려면 어떻게 해야 하나를 진지하게 고민하며 빠르게 파티를 마무리 지었다.

원래 2부까지 계획이 되어 있었지만 윌슨의 비명이 들리기 시작하자 소문이라도 날까 싶어 여왕은 파티를 1부도 제대로 마무리하지 못한 채로 끝낼 수밖에 없었다.

◇

지후는 무림인들을 타겟으로 모든 종족들에게 경각심을 심어주었다.

하지만 여전히 알게 모르게 병사들간에 종족별로 차별이 존재한다는 사실을 알 수 있었다.

보고를 듣자마자 지후는 월로드에게 더욱 훈련의 강도를 높이도록 주문했다.

결국 훈련도중 같은 대열을 번번이 틀린 한 종족으로 인해 싸움이 나고 말았다.

처음 시작은 말싸움이었는데 점점 커지기 시작하더니 불이 번지듯 순식간에 엄청난 아수라장이 되며 인간들과 인간과 다른 외모를 가진 종족들간의 싸움이 되기 시작했다.

다급한 폴의 보고에 의해 지후는 하고 있던 전설대전을 끄고 싸움이 벌어진 장소로 달려갔다.

승급전 이었기에 지후의 기분은 굉장히 좋지 않았다.

사실 어차피 진 게임이었다.

하지만 중간에 게임을 나가는 짓은 하지 않는 지후였기에 꿋꿋하게 나가지 않고 하고 있었을 뿐이었다.

그 와중에 벌어진 싸움 소식은 불난 집에 부채질을 한다는 말이 떠오르게 했다.

지후의 눈에 들어오는 장면은 난장판도 그런 난장판이 없었다.

다행히도 아직 사망자는 없었지만 갈수록 격렬해 지는 걸로 봐선 곳 사망자도 나올 것만 같은 상황이었기에 지후는 주먹을 말아 쥐며 싸우고 있는 것들을 바라봤다.

'이럴까봐 신분증도 만들고 했었던 건데…'

그동안 들였던 공이 다 헛수고라는 생각에 짜증이 치밀어 올랐다.

그걸 아는지 모르는지 훈련장은 아수라장이 되어 개싸움이 한창이었다.

그런 난장판인 훈련장이 점점 황금빛으로 물들어 가고 있었다.

여전히 이성을 잃고 주먹을 휘두르는 놈들도 있었지만 이성을 찾은 몇몇은 주변에 펼쳐진 황금빛을 바라보며 몸을 떨고 있었다.

황금빛 심검은 어느새 싸우고 있는 모든 병사들을 조준하고 있었다.

언제 그랬냐는 듯 정적이 흘렀고 모든 병사들은 순식간에 대열을 맞추고 지후를 향해 고개를 숙인 채 뒷짐을 지고 있었다.

"너네 전부 죽을래?"

"……"

"왜 대답이 없어? 너희들이 죽으면 가족들이 참 좋아할 거야~ 그치? 어차피 이대로라면 전쟁터에 가서도 개죽음을 면키 힘들 텐데. 이래서야 서로 어떻게 등을 맡기고 전쟁을 치루겠어. 나라면 그냥 지금 죽겠어. 괜히 믿고 전쟁에 나갔다가 믿는 도끼에 발등 찍히면 아프잖아? 난 도저히 너희를 믿고 등을 맡기진 못할 것 같은데… 너희들 생각은 어때?"

"……"

"다들 잘 들어. 우리는 오직 생존을 목표로 하고 있어. 나아가 다 같이 잘 먹고 잘 살아보자는 거지. 다 같은 처지 아니었나? 이 중에 자신의 처지는 다르다고 할 수 있는 누군가가 있다면 손 좀 들어봐. 너희 모두 이곳에서 정착해서 살아야 하는 게 아니었어? 혹시 다른 선택지라도 있었어? 우리는 생존을 위해 싸워야만 해. 차원전장은 다들 처음엔

적으로 만나는 곳이야. 그런데 그 감정을 끌어안고 가야 해? 아직도 적이라고 생각해? 어제의 적이 오늘의 동지가 되는 곳이 바로 이곳이지. 그리고 우리는 모두 같은 처지야. 서로 돕지는 못할망정 배척하고 차별하다니 웃기지 않아? 차원전장에서 무시할 수 있는 종족은 없다는 사실을 설마 아직도 모르고 있는 거야? 혹시 여기에 원해서 싸우는 종족이 있었어? 개인의 복수심? 개인의 이념이나 사상? 그런 건 생존이라는 절대적인 명제 앞에 무의미하다는 생각이 들지 않아? 내가 너희를 너무 풀어준 건가? 난 나의 이지제국이라는 울타리에서 너희가 하나가 됐다고 믿었는데 말이야."

지후의 말에 병사들은 그 어떤 말도 할 수가 없었다.

무엇하나 틀린 말이 없었고 다 맞는 말이었기 때문이다.

병사들은 다음 날까지 그 자리에서 움직이지 않으며 지후에게 죄를 빌었다.

지후는 그들을 용서해 주는 대신 훈련의 강도를 더욱 높였다.

더 이상 종종간의 갈등은 이지제국에 존재하지 않았다.

지후의 말과 강도 높은 굴림은 그런 불만을 토할 여유를 주지 않았다.

여유부릴 틈이 없는 대대적인 탈수의 계절이었고, 곡식이 익듯 병사들은 뜨거운 태양에 익어갔다.

지후는 먼발치에서 한참 구르며 훈련 중인 이지제국의
병사들을 바라봤다.

그리고 제 1훈련장에서 여유 있게 의자에 앉아 빨대를
꽂은 주스를 마시고 있는 윌슨을 발견할 수 있었다.

지후는 여전히 지수에게만 육아를 맡긴 채 이곳에서 노
닥거리고 있는 윌슨을 바라보며 윌슨의 곁으로 다가갔다.

가까이 갈수록….

앉아서 주스를 빨아 대며 쉬지 않고 주둥이를 놀리고 있
는 윌슨은 밉상 그 자체였다.

병사들은 땡볕에서 구슬땀을 흘리고 있는데 마치 약을
올리는 듯 윌슨은 햇빛을 피할 수 있는 파라솔까지 펼친 채
주둥이만 나불거리며 여유만만이었다.

"너네도 정말 고생이다. 왕이라고 무슨 개떡 같은 걸 만
나서 무슨 개고생이야."

윌슨의 쉬지 않고 놀리고 있는 주둥이에선 지후의 욕이
계속해서 쏟아지고 있었다.

"그 인간 잘하는 거라곤 남 괴롭히는 거랑 갈구고 굴리
는 것밖에 없어."

끊이지 않고 나오는 자신의 욕에 지후는 감탄을 하지 않
을 수가 없었다.

"지금은 결혼하고 그나마 사람 된 거야. 예전에는 완전
게임페인에 안하무인이었지. 살다 살다 내가 그런 또라이가

세상에 존재한다는 사실은 그 인간을 만나고 나서야 알았잖아."

지후는 지수가 과부가 되는 한이 있더라도 진심으로 윌슨을 죽여 버리고 싶다는 충동이 들 정도였다.

"어이~ 의자왕."

윌슨은 등 뒤에서 들리는 말에 요즘 기가 허해서 헛것이 들린다는 듯이 들은 채도 하지 않으며 귓구멍을 후비고 후불고 있었다.

"의자왕 납셨네. 아주 엉덩이를 의자에서 뗄 생각을 안 하네."

윌슨은 재차 들려오는 말에 환청이 아니라는 사실을 짐작할 수 있었다.

윌슨은 아주 천천히 침착하게 환정이길 바라며 목소리가 들리는 등 뒤로 고개를 돌렸다.

"하. 하. 하. 하."

윌슨은 봐선 안 될 걸 봤다는 듯이 식은땀을 흘리며 당황하고 있었다.

"황제가 돼서 그렇게 할 일이 없어요?"

여기까지 무슨 일로 왔냐는 말을 하려던 윌슨은 당황해서 헛소리를 내뱉고 있었다.

"나 한가한 거 알잖아. 잘하는 건 남 괴롭히는 거랑 굴리고 갈구는 거잖아. 그래서 너 갈구고 굴리러 왔어. 나도 잘

하는 거 해야지."

당황한 월슨은 보법을 밟으며 도망치려 했지만 지후 앞에서 보법을 논하는 건 다시 태어난다고 해도 무리였다.

지후는 그동안 월슨에게 쌓인 울분을 토해내듯 정말 혹독하게 굴렸다.

도망이라도 가려고 하면 어떻게 알고 나타나 개 패듯이 구타한 뒤에 다시 굴리기를 반복했다.

지후는 지수에게 월슨의 정신교육을 시키겠다며 한동안 월슨이 집에 못 들어갈지도 모른다며 양해를 구했고 지수는 어차피 집에 들어와도 아무런 도움이 되지 않는다며 흔쾌히 허락했다.

월슨은 정말 오랜만에 집에 들어가고 싶은 마음이 굴뚝같았지만 지후는 2주간 최소한의 식량만을 주며 월슨을 굴렸고 월슨은 2주가 지나서야 거지꼴을 하고 집에 들어갈 수가 있었다.

집으로 돌아간 월슨은 한동안 집밖에 나가지 않고 육아에 전념하며 가정생활에 충실했다.

45. 세미파이널

아영은 지후에게 수연과 대화할 것을 부탁했지만 지후는 바쁘다며 그 상황 자체를 회피했다.

지후도 바보는 아니었기에 나중에 곰곰이 생각을 해봤고 아영의 말에서 뭔가를 느꼈기에 수연의 마음을 짐작할 수가 있었다.

수연이 싫은 건 아니었다.

누가 봐도 한눈에 반할 정도로 아름다운 여인이었다.

반로환동으로 젊음을 유지하고 있어서?

외모와 다르게 나이가 많아서?

그런 이유로 피하는 것은 아니었다.

아영과 소영의 잔소리만으로 충분했기에, 충분히 피곤했기에 부인을 더 늘릴 계획이 없을 뿐이었다.

자신을 그토록 오랜 시간 가슴에 품어온 아름다운 여자를 어떻게 마다하겠는가?

원래 지후는 지구에서 소문난 바람둥이였고 그 삶을 아주 잊고 있지는 않았기에 수연을 마주하면 거절할 자신이 없어 피할 뿐이었다.

거절할 자신은 없고, 이 이상 잔소리꾼을 늘리는 것도 싫었기에.

수연을 피할 핑계로 윌슨의 정신교육을 대며 지후는 잘 피해 다녔다.

여덟 번째 차원전쟁은 그동안 전면으로 나서던 지후가 아닌 병사들이 전면으로 나서서 전쟁을 승리로 이끌었다.

반복된 훈련의 효과가 제대로 빛을 발한 전쟁이었다.

아수라장이 된 전장 속에서도 이지제국의 진형과 대열은 굳건했고 일사불란한 움직임으로 하나가 되어 적들을 섬멸해 갔다.

개개인의 능력은 적들이 뛰어날지 몰랐지만 그들의 공격은 이지제국의 방패에 번번이 막히며 이지제국의 병사들에게 반격을 허용해야만 했다.

동료를 노리고 들어오는 적의 공격은 주변에 있는 병사

들의 저지에 이어질 수가 없었고 한 덩어리가 된 일사불란한 움직임은 적들을 압도해 갔다.

병장기들이 부딪히는 쇳소리와 함께 불꽃이 쉬지 않고 튀었다. 그건 마치 이지제국의 승리를 알리는 승전보와 불꽃놀이 같았다.

적들의 수는 많았지만 이지제국만큼 훈련이 되어 있지 않았고 개인적인 행동이 잦았다. 반면 이지제국은 개인적인 행동을 극히 제한하며 하나가 되어 움직였다.

이지제국의 병사들은 그동안 흘렸던 비지땀을 승리라는 달콤한 보상으로 보답 받을 수 있었다.

병사들은 무엇보다 그동안 무리하게 움직이며 자신들을 홀로 하드캐리하며 고군분투하던 황제가 나서지 않고 전쟁이 끝났다는 사실에 희열을 느끼며 환호하고 있었다.

타다다당! 탕! 탕! 탕탕타탕탕!

퍼엉! 펑!

콰아앙! 쾅! 쾅! 쾅!

뿌연 흙먼지와 함께 가열된 총구가 서로를 향해 쉴 틈 없이 불꽃을 토해내고 있었다.

막으려는 자와 뚫으려는 자.

살려고 하는 자와 죽이려고 하는 자들 간의 아홉 번째 차원전장은 끊임없이 들려오는 총성소리와 함께 1주일째 지속되고 있었다.

1주일째 전쟁이 치열하게 이어지고 있었지만 양쪽 진영은 누구도 섣불리 나서지 않았다.

싸우면 싸울수록 양쪽의 전투력과 기술부분은 호각이라는 사실을 알 수 있었다.

이지제국은 과감히 성벽까지 후퇴했다.

비슷한 전투력이었기에 조금이나마 편히 쉬고 많은 장비를 사용할 수 있는 성벽으로 후퇴한 뒤에 공성전을 노렸던 것이다.

이지제국의 후퇴에 적들은 기세를 올리며 쫓아왔고 그게 성벽을 방패삼아 공성전을 벌이기 위함이었다는 사실을 알게 됐을 땐 적들은 상당한 피해를 입은 뒤였다.

함정이라는 사실을 알 수 있었지만 물러설 수도 없었기에 그들은 이를 악물고 차분하게 버텨냈다.

그 결과 1주일이란 시간이 흘렀지만 양쪽 진영은 어디하나 밀어붙이지 못한 채 팽팽한 접전을 벌이고 있었다.

스포츠 경기로 치면 지금 이 전쟁은 준결승전이었다.

살아남은 자들만 결승전을 치를 수 있는 데스 매치였기에 양측은 전혀 물러섬이 없었고 다들 필사적이었다.

고지가 코앞인데 누가 죽고 싶겠는가?

이번 전쟁만 승리한다면 결승으로 갈 수 있었다.

그리고 마지막 전쟁에서 승리한다면 아마도 지금처럼 의무적으로 전쟁을 하지 않아도 될 것이었기에 양쪽진영은 필사적이었다.

고착화 되어가는 전쟁에 먼저 변화를 시도한 건 이지제국이었다.

"폐하. 모든 준비가 끝났습니다. 지금부터 바람도 2시간에서 3시간정도는 적들을 향해 불거라는 관측입니다."

윌로드의 말에 지후는 고개를 끄덕였다.

"형님! 아무리 그래도 그건 너무 치사한 것 아닙니까?"

지후와 윌로드는 윌슨의 말에 발끈하며 윌슨을 째려보았다.

"넌 병사들의 생명과 이지제국의 안녕을 위한 방법이 치사하다고 생각하는 거냐? 지금 우리가 하는 게 뭐지? 바로 전쟁이다! 죽이지 않으면 죽어야만 하는! 바로 그런 전쟁이다! 그런데 치사하다고? 비겁하다고? 방법이나 과정은 상관없어. 우리에게 필요한 건 오직 승리야. 이건 서로 양보하고 화해를 할 수 있는 애들 싸움이 아니란 말이다. 우리가 결정을 내리지 못하는 이 순간에도 병사들은 죽어가겠지. 차원전쟁에 양보 따윈 없어. 그런 나약하고 낭만적인 생각이나 할 생각이라면 당장 집으로 돌아가!"

"죄송합니다."

윌슨은 자신의 경솔함을 진심으로 반성했다.

평소에 지후에게 하던 장난이나 시비를 걸던 것과는 전혀 다른 상황이었다.

이건 이지제국의 미래가 달린 계획이었고 차원전장에서 비겁하거나 치사한 방법 따위는 없다는 사실을 자신 또한 잘 알고 있었고, 그동안 그렇게 행동하며 이겨왔기 때문에 자신의 말실수를 자책하며 전방을 바라봤다.

지후의 발사명령과 함께 적들을 향해 미사일이 일제히 발사됐다.

적들을 향해 발사된 미사일에는 마약과 극독들이 담겨 있었다.

생화학 무기들이 적진에서 폭발하며 적들을 덮쳤다.

쉐에엑! 쉬이익~

콰아앙! 쾅!

퍼어어엉!

현제 바람은 적들을 향해 불고 있었기에 적들은 속수무책으로 쓰러져가고 있었다.

혹시라도 바람의 방향이 바뀔 수도 있었기에 이지제국의 병사들은 누구나 빠짐없이 방독면을 착용하고 있었다.

마약에 중독 되 환각 속에 동료들을 살해하는 미치광이들이 속속 생겨났고 극독에 의해 각혈을 토하며 죽어가는 적들의 적진은 그야말로 아비규환으로 변해가고 있었다.

결코 보기 좋은 광경은 아니었기에 이지제국의 병사들은 쓰러지는 적들을 바라보며 인상을 찡그리고 있었다.

해줄 수 있는 도리라면 적들에게 조금이라도 빠른 안식을 주는 것이었기에 지후의 명령이 떨어짐과 동시에 괴로워하는 적들을 향해 이지제국 병사들의 총구에선 미친 듯이 불꽃을 뿜어내고 있었다.

타타타타타탕! 탕! 탕! 탕! 탕탕탕!

번쩍!

눈이 멀어 버릴 것 같은 엄청난 빛이 적진에서 번쩍였다.

슈트의 헬멧은 주간모드로 설정되어 있었기에 갑작스러운 빛에 이지제국의 병사들 대부분이 자리에 주저앉아 양손으로 눈을 감싸 쥐고 있었다.

"으아악!"

"으윽….."

"내 눈!"

"다들 침착해라! 괜히 움직이거나 하지 말고 지금 상태로 가만히 있어! 갑작스러운 빛 때문에 잠깐 보이지 않는 것뿐이야! 시력은 곧 돌아온다!"

갑자기 앞이 보이지 않자 몇몇 병사들은 당황을 금치 못하며 패닉상태에 빠졌지만 대부분 병사들은 지후의 명령에 조용히 자리에서 움직이지 않고 눈이 보이길 기다리고 있었다.

1분정도가 흐르자 조금씩 노이즈가 낀 듯이 보이기 시작한다는 병사들의 목소리가 들렸고 그런 동료들의 목소리에 안심하며 눈이 보일 때까지 이지제국의 병사들은 차분히 기다리기 시작했다.

"빌어먹을!"

지후도 갑작스럽게 번쩍인 빛으로 인해 앞이 보이지 않았다.

하지만 적진에 퍼뜨려 놓은 기운으로 적들의 움직임을 살필 수는 있었다.

죽어가던 적들의 생명력이 급속도로 생기를 회복하더니 이지제국을 향해 소리를 내지 않은 채로 숨죽여 접근하고 있었다.

지후는 짜증이 치밀어 올랐지만 눈이 보이지 않는 병사들에게 적들의 접근을 알려봐야 당장은 혼란만 가중시킬 뿐이라는 생각에 말을 아꼈다.

적들은 소리 없이 접근하기 위해 갑옷까지 벗어 던진 채로 무기만을 든 채로 숨죽여 접근하고 있었다.

접근하던 기운에만 집중하느라 다른 곳을 놓치고 있었다.

지후는 전방에서 공기를 가르며 빠르게 다가오는 적들의 셀 수없이 많은 미사일들이 느껴졌다.

"전원 디펜스 모드로!"

보이지는 않았지만 슈트의 기능을 활성화하기만 하면 되는 손쉬운 명령이었기에 병사들은 지후의 명령이 떨어지자 바로 슈트를 디펜스 모드로 전환시켰다.

지후는 전력을 다해 소울실드와 호신강기를 펼쳤다.

세이버 팔찌의 기운과 함께 따까리마저 소환해 적들의 미사일 공세를 막아내기 시작했다.

쾅! 쾅!

쾅아아아아아앙!

퍼어어엉!

엄청난 폭음소리가 병사들의 귓가에 들렸지만 지후의 방어 덕분에 병사들은 큰 피해 없이 무사할 수 있었다.

지후가 폭격을 막는 사이 대부분의 병사들이 조금이나마 시력들을 회복했다.

짙은 안개가 낀 것처럼 아직은 앞이 제대로 보이지 않았지만 아예 안 보이는 것은 아니었기에 이지제국의 병사들은 앉아있던 자리에서 일어나며 무기를 바로 잡기 시작했다.

하지만 폭격소리가 멈춤과 동시에 적들은 이지제국의 병사들을 덮쳤다.

아직 시력이 제대로 돌아오지 않은 이지제국의 병사들에게 적들은 그저 뿌연 그림자와 같았고 순식간에 적들의 공격에 쓰러져갔다.

"커억!"

"크윽."

"큽."

"적이…야…."

눈이 보이지 않았기에 병사들의 움직임은 굼떠있었고 제대로 공격을 하지 못하고 있었다.

그나마 방어를 하며 간신히 목숨을 건지는 게 적들의 표적이 된 병사들이 할 수 있는 최선이었다.

지후도 기운만으로 적들과 아군을 구별할 수는 없었기에 강기나 심검을 날리지는 못하고 있었다.

따까리나 후방 부대가 빠르게 도움을 줘 간신히 목숨을 건진 병사들의 수는 생각보다는 많았다.

워낙 슈트의 방어력이 뛰어났기에 많은 병사들이 전투불능 상태가 되었지만 목숨만은 건질 수 있었다.

하지만 이지제국의 성벽을 올라온 적들은 여전히 이지제국 병사들의 목숨을 노리며 위협하고 있었다.

채앵! 챙!

콰앙! 콰아아앙!

시력이 돌아온 병사들은 성벽에 올라온 적들과 병장기를 부딪치며 거듭 공격을 했지만 적들은 결코 만만치 않았다.

차원전장엔 꼭 피해야만 하는 두 종족이 있다고 전해진다.

한 종족은 투쟁의 종족이라고 불리는 데 그들을 만난 종족 중엔 생존자가 없었기에 소문이 빠른 차원전장에도 그들에 대한 제대로 된 정보가 없었다.

그리고 다른 한 종족은 하얀 악마라고 불리는 종족이었다.

그들은 흔히 인간들이 생각하는 천사의 외모와 비슷했다.

하얀 피부에 순백색의 깃털로 이루어진 하얀 날개가 상징인 종족이었다.

그들은 천족이라고 불렸는데 그들이 차원전장에서 보여주는 모습은 천사의 외모와는 전혀 달랐다.

그들은 노예들을 고기방패로 가장 잘 사용하는 종족이었다.

고기방패들이 상하거나 다치면 끊임없이 치료마법으로 회복을 시켜 다시 고기방패로 재활용했다.

혹시라도 그들이 죽으면 그들은 자신들의 노예종족 중 가장 어울리지 않는 한 종족들을 통해 죽어버린 고기방패들을 다시 움직였다.

천족들은 이미지와는 어울리지 않는 흑마법사들을 노예로 데리고 있었고 그 흑마법사들은 죽어버린 고기방패나 적들을 일으켜 다시 싸우게 했다.

방금 전까지 함께 싸우던 아군이 적들과 함께 좀비가 되어 공격을 하니 그들을 상대하는 건 너무나 어렵고 괴로웠다.

그랬기에 그들은 하얀 악마라고 불렸고 모두가 피할 수밖에 없었다.

그들과의 전쟁에서 이길 방법은 없었으니까.

죽여도 죽여도 끝이 보이지 않는 불사의 군대였기에.

지금 그 하얀 악마라고 불리는 적들이 이지제국의 아홉 번째 차원전쟁의 상대였던 것이다.

지후와 병사들의 눈을 멀게 했던 빛은 마약과 독에 중독된 천족들의 고기방패를 치료하기 위한 천왕의 대규모 치료마법이었고 이미 죽어버린 고기방패들은 흑마법사들에 의해 일어나 이지제국을 향해 달려왔다.

끝도 없이 밀려드는 적들로 인해 이지제국의 병사들은 점점 지쳐만 갔다.

이지제국은 이렇다 할 성과를 내지 못하고 있었다.

성벽에 올라왔던 적들을 다시 성벽 아래로 떨어뜨린 게 성과라면 성과였다.

하지만 그 과정에서 많은 병사들이 죽음을 당했다.

문제는 죽은 동료들이 적들의 마법에 의해 되살아나 이지제국 병사들을 공격하기 시작했을 때부터 벌어졌다.

바로 몇 분 전까지 함께 땀을 흘리고 전투를 치르던 전우들이었기에 차마 쉽게 죽이질 못하고 있었다.

끈끈한 전우애가 지금은 이지제국 병사들의 발목을 잡고 있었다.

마지막까지 함께하지 못하고 죽은 것도 불쌍한데 그런 전우이자 친구를 두 번 죽이기란 쉽지 않았기 때문이다.

중요한건 두 번 세 번 죽여도 다시 일어선다는 것이었다.

그동안 알던 머리만 부시면 되는 좀비들과는 달랐다.

머리가 없어도 그들의 몸은 움직였고 아예 사지를 가루로 만들어야만 동료들은 영면을 취할 수 있었다.

가장 큰 문제는 이지제국의 병사들이 입고 있는 갑옷이나 슈트는 방어력이 너무나 뛰어났다는 것이다.

그랬기에 죽어버린 병사들은 살아있는 이지제국 병사들을 너무나 힘들게 괴롭혔다.

"죽지 마라! 죽으면 너희도 저렇게 된다. 방금 전까지 같이 싸우던 동료를 죽이는 살인마가 되고 싶은가! 옆에 있는 동료를 등을 맡기던 전우에게 칼을 휘두르고 싶은가! 모두 죽지 말고 버텨라! 적들에게 이용당하고 있는 죽은 동료들에게 우리가 해줄 수 있는 건 단 하나뿐이다! 그들이 편히 쉴 수 있도록, 그들이 영면을 취할 수 있도록 빠르게 쓰러 뜨려라! 그들이 육신의 고통을 벗어버리고 하늘로 올라갈 수 있도록! 그것만이 함께 땀을 흘렸던, 함께 싸웠던 동료에게 해줄 수 있는 우리의 최선이다!"

와아아아아!

월로드의 말에 이지제국의 병사들은 자신들이 뭘 해야 하는 지 알 수 있었고 실천에 옮겼지만 마음먹은 만큼 쉽지는 않았다.

어느덧 전쟁은 10일차에 접어들었고 상황은 점점 악화되어만 갔다.

다행히 성벽은 잘 사수하고 있었지만 어제의 동료가 내일의 적이 되어 나타나는 그 상황은 시간이 지나도 적응하기 쉽지가 않았다.

병사들은 자신이 입고 있는 엄청난 방어력을 자랑하는 이지제국의 슈트와 갑옷들이 너무나 원망스러웠다.

벗고 싶지만 차마 벗고 싸울 수도 없는 계륵 같은 것처럼 느껴지기 시작했고 적들의 숫자가 거의 줄어들지를 않으니 이지제국의 병사들은 정신적으로나 육체적으로나 점점 힘들어 하고 있었다.

저들이 하얀 악마라고 불리는 이유가 무엇인지 이지제국의 병사들은 뼈저리게 체험하며 느끼고 있었다.

적들은 차분하게 조금씩 이지제국을 조여 왔다.

자신들이 승기를 잡고 있다고 생각한 건지 신중한 건지 천족들은 쉽사리 이지제국의 성벽을 넘지 않고 차분하게 공격했다.

14일째 새벽.

차원전쟁이 시작 된지도 2주가 흘렀고 이지제국 병사들의 피로도는 극에 달해 있었다.

그들은 이지제국의 피를 말리겠다는 듯이 매일 같은 패턴으로 성벽을 넘을 듯 말 듯 공격을 하며 이지제국 병사들의 긴장감만을 고조시켰다.

그들은 첫날부터 집요하게도 북문만을 노렸다.

다른 세 곳의 문은 쳐다 보지도 않았다.

그들은 한쪽으로 병력을 집중했지만 막아서고 있는 이지제국은 언제나 기습을 대비해 다른 쪽에도 병력을 분산시켜야 했기에 더욱 피로했다.

공성전을 선택한 지후의 결정은 지금에 와서는 점점 악수가 되고 있었다.

사실 성벽을 방패삼아 싸우는 이지제국 병사들의 피로가 적들보다 적어야 맞겠지만 적들은 죽지도 지치지도 않는 불사의 군대였다.

극도의 긴장감이 계속 지속되자 병사들의 마음과 다르게 정신과 육체의 피로도는 극에 달할 수밖에 없었다.

14일째 새벽 2시경 하얀 악마라고 불리는 천족들이 이지제국을 향한 대대적인 폭격을 가했다.

콰아아앙!

쾅! 콰앙!

퍼어엉! 퍼어어어엉!

깊은 잠에 빠져 있던 이지제국의 병사들은 속수무책으로 적들의 폭격을 맞아야만 했다.

대부분 병사들은 너무 몸이 힘들어 슈트마저 벗어던지고 잠을 청하고 있었기에 그 피해는 엄청났다.

"적들의 습격이다!"

"폭격이야!"

"모두 일어나!"

폭격에 의해 이지제국의 북문은 심각할 정도로 타격을 입었고 북문의 성문이 부서지기 직전이었다.

이지제국과 적들의 기술력은 거의 종이 한 장 차이라고 말해야 할 정도로 비슷했기에 그들의 폭격의 위력은 엄청났고 이지제국은 순식간에 쑥대밭으로 변하고 있었다.

이지제국의 북문 전역에선 재가 날리며 붉은 불기둥이 솟구치고 있었다.

폭격을 틈타 적들은 성벽을 넘었고 어느새 이지제국의 성문은 활짝 열렸다.

이지제국의 전역엔 비상사이렌이 울려 퍼졌고 오랜만에 성에서 잠깐의 휴식을 취하던 지후의 잠도 깨우고 있었다.

지후는 침실에서 일어나 대전으로 나가 모니터를 통해

타오르는 화마에 잠식 된 북쪽 전선을 확인할 수 있었다.

"빌어먹을… 젠장!"

지후는 분노하며 집기들을 내리쳤다.

그 사이 폴이나 수혁 등 많은 사람들이 대전에 도착해 있었지만 누구하나 지후를 말리지 못했다.

아니, 말리지 않았다.

다들 같은 심정이었으니까.

너무나 분했고 지금 불길이 타오르고 있는 장소가 이지 제국이 아니길 바랐기에 다들 지후 못지않게 가슴속에 불길이 타오르고 있었다.

다만 지후가 앞에 있었기에 표출할 수 없었을 뿐이었다.

만약 지후가 없었다면 다들 지후처럼 불같이 화를 내고 있었을 것이다.

폴을 통해 지후에게 거듭 보고가 올라갔고 북문 쪽에 있던 병사들이 대부분 궤멸을 당했다는 소식에 대전 안은 숨소리조차 들리지 않을 정도로 조용해졌다.

다섯 종족의 군단장까지 불길에 산화되거나 적들의 칼에 죽임을 당했다는 소식은 모두를 너무나 침통하게 만들었다.

특히나 처음 지후의 백성으로 합류한 종족 중 하나인 나스크 족의 타릭 군단장이 전사 소식은 지후의 심경을 복잡

하게 만들었다.

"살아남은 병사들에게 2차 성벽까지 후퇴하라고 전해! 그리고 다른 세 곳의 문을 지키는 병력들 중 반은 2차 북문으로 모이라고 해!"

"폐하! 혹시라도 적들이 다른 곳을 공격한다면 어찌 방어하시려고 하십니까? 그리고 2차 성벽이 뚫리기라도 하면… 성까지 3차 성벽 하나만 남게 됩니다."

"그래서? 그럼 이미 다 무너지고 불길이 치솟고 있는 그곳에서 계속 싸우라고? 그래봐야 우리 피해만 커질 뿐이야."

"하지만… 너무 가까워집니다."

"그럼 어쩌자고! 적들한테 다른 성문으로 오라고 하면 적들이 그렇게 해준대? 방법이 하나밖에 없는데 뭐가 안 된다는 거야! 너 같으면 불길 속에서 싸우고 싶어?!"

지후는 분노하고 있었고 다들 그런 지후의 말에 더 이상 반대를 할 수가 없었다.

현실적으로 그것밖에 방법이 없었기에.

마음 같아선 적들에게 기습작전이라도 펼치고 싶지만 자칫 잘못하면 적들의 병사가 되는 일이었기에 함부로 몸을 움직일 수도 없었다.

"폐하께 명령이 내려왔다. 모두 2차 북문까지 전속력으로 후퇴하라!"

사이런 왕국의 카일왕자, 갈색부족의 족장 노이안.

이들은 타릭과 마찬가지로 제일 처음 지후가 차원전장에 와서 인연을 맺게 된 종족들의 군단장들이었다.

이들은 교대 전까지 북문 주변에서 취침을 취하는 중이었는데 갑작스런 폭격에 의해 잠에서 깨어 다급하게 전투 중이었다.

그나마 후퇴 명령이 빠르게 내려졌기에 그들은 지금 군단장으로서 아수라장이 되어버린 전장에서 병사들이 후퇴를 할 수 있는 길을 뚫고 있었다.

채앵! 챙!

쉬이익!

퍼어엉!

쿠와아아아아아아앙!

불길과 멈추지 않는 폭발들로 인해 건물들은 끊임없이 무너졌고 그걸 피하는 것만으로도 병사들은 벅차게 움직이고 있었다.

견고했던 이지제국의 성벽을 뚫어내며 탄력을 받은 것인지 적들의 기세는 장난이 아니었다.

적들은 갑옷조차 제대로 챙겨 입지 못하고 당황하고 있는 이지제국 병사들을 유린하며 도륙하고 있었다.

"끄아아악!"

"살려줘!"

병사들은 목이 터져라 목 놓아 외치며 비명을 지르고 도움의 손길을 바랬지만 그들의 절규는 폭격에 의한 폭발 소리와 건물이 무너지는 소리에 의해 묻혀버리고 있었다.

"카일!"

"노이안!"

둘은 폭발을 빠르게 헤치고 나와 서로를 부둥켜안고 있었다.

둘은 종족을 떠나 둘도 없는 친구이자 전우였다.

이지제국에 와서 생각지도 못했던 호사를 누리며 살 수 있었고 가족들도 충분히 만족스러운 생활을 하고 있었기에 그들은 이지제국이 매우 마음에 들었다.

이미 돌아갈 고향은 없었다.

이제는 이곳이 자신들이 지키고 살아가야할 삶의 터전이자 고향이었기에 군단장들에게 이지제국은 꼭 지켜야만 하는 곳이었다.

이곳을 지키지 못하면 동족들이, 이지제국의 수많은 백성들이 지금의 삶을 버리고 노예가 되어 고기방패가 될 테니까.

그랬기에 카일과 노이안은 필사적으로 적들을 공격하고 있었다.

"카일! 네가 전방으로 길을 뚫어! 내가 뒤를 맡을게!"

"알았어. 이번 전쟁이 끝나면 시원한 맥주나 한잔 하자!"

"당연하지! 저번엔 내가 샀으니까 이번엔 네가 사라!"

"그래! 그러니 꼭…!"

노이안은 알았다는 듯이 고개를 끄덕이며 달려오는 적들에게 자신의 몸통만한 도끼를 휘둘렀다.

뒷말은 말하지 않아도 알 수 있었다.

'아주 제대로 뜯어 먹어 주겠어. 술값이 부족하다고 도망가지나 말라고 카일.'

콰아앙!

퍼어엉!

비명과 폭발소리가 어우러진 전장 속에서 카일은 병사들이 지나갈 수 있도록 오러를 가득 머금은 검강을 힘차게 휘두르며 무너진 건물의 잔해들을 치우며 길을 뚫고 있었다.

가일은 거침없이 대검을 휘두르며 길을 뚫고 있었고 이제 2차 성벽까지 2km 정도만 더 가면 되는 상황이었다.

사실 카일이 이렇게 거침없이 길을 뚫으며 달려갈 수 있는 건 다 노이안 덕분이었다.

노이안은 후방에서 홀로 고군분투하며 병사들이 후퇴할 시간을 벌고 있었다.

홀로 거대한 도끼를 휘두르며 적들을 막아내는 모습은 너무나 처절했다.

노이안의 전신은 피로 물들어 있었지만 노이안의 도끼는 멈출 줄을 몰랐다.

퍼억!

투혼을 발휘하며 막아서던 노이안이 바닥을 뒹굴며 구르고 있었다.

하지만 여전히 손에서 도끼를 놓지 않고 있었고 노이안은 도끼를 지지대 삼아 힘겹게 몸을 일으키고 있었다.

그리고 방금 자신을 넘어뜨린 적을 바라보며 인상을 잔뜩 찡그리고 있었다.

자신을 넘어뜨린 적은 바로 타릭이었다.

함께 노예 생활을 하고 이지제국에 편입됐던 나스크 족의 족장이 죽어서 적이 되어 자신을 공격한 것이었다.

타릭의 창이 파공성을 일으키며 노이안을 찔러 왔다.

쉐에엑~

태애앵!

노이안의 도끼가 간신히 타리의 찔러 들어오던 창의 옆을 쳐 노이안은 간신히 창을 피할 수 있었다.

하지만 도끼에서 느껴지는 강한 떨림에 노이안은 도끼를 쥐는 것조차 버거웠다.

'카일… 내가 없더라도 우리 갈색부족의 새로운 족장 좀

잘 부탁한다. 난 아무래도 타릭의 영면을 도와야겠어.'

노이안은 죽음을 각오하고 타릭을 막아 세우기 시작했다.

타릭의 창은 노이안의 몸에 혈선을 긋기 시작했지만 노이안의 집념은 대단했다.

최대한 많은 시간을 끌어야 병사들이 도망가고 2차 성벽에 병력들이 진영을 짤 수 있을 것이기에.

그 시간을 버는 게 자신의 임무라고 다짐하며 노이안은 타릭과 죽어서도 쉬지 못하고 있는 이지제국의 병사들의 진군을 막아 세웠다.

십분 정도를 홀로 대군을 막아 세운 노이안은 결국 타릭의 창에 복부가 관통당하고 말았다.

노이안은 자신의 배를 한번 내려다 본 뒤 쓴웃음을 지으며 타릭의 목을 도끼로 베어버렸다.

타릭의 목이 바닥으로 굴러가고 있었지만 노이안의 도끼는 멈추지 않았다.

타릭의 팔과 다리 몸통을 향해 도끼를 미친 듯이 휘둘렀고 타릭의 몸이 잔해만 남고 나서야 노이안의 도끼가 바닥에 떨어졌다.

노이안은 겨우겨우 비틀거리며 입을 열었다.

"카일… 네가 살 맥주 값은… 우리 갈색부족의 새로운 족장 제구실 시키게 도와주는 것으로 대신하자."

마지막 말을 남기고 자신의 도끼의 한쪽 날을 향해 자신의 목을 들이 밀었다.

날카로운 노이안의 도끼의 날에는 피가 듬뿍 묻어있었고 노이안의 머리는 도끼의 옆에 굴러가고 있었다.

죽어서도 짐이 되지 않겠다는 노이안은 스스로 마지막 힘을 다해 자신의 목을 잘라버렸다.

"노이아아아아안!"

무전을 들은 카일은 길을 뚫다 멈춰 절규하듯 소리를 지르며 울부짖고 있었다.

악을 쓰며 울부짖던 카일은 검을 고쳐 잡은 뒤 분노를 토해내듯 대검을 휘두르며 길을 뚫어 나갔다.

더 이상 슬픔에 잠겨 있을 시간은 없었다.

그건 친구인 노이안이 원하는 것이 아니기에.

최대한 많은 병사들을 2차 성벽이 있는 곳까지 후퇴시키는 것이 노이안의 죽음을 헛되게 하지 않는 유일한 길이었기에 카일은 전력을 다해 대검을 휘둘렀다.

"으아아아악!"

친구의 죽음에 대한 통곡인지 기합인지 구별하기 힘든 괴성이 카일의 입에서 연신 터져 나왔다.

악다구니를 지르며 길을 뚫어내는 카일의 얼굴엔 땀인지 눈물인지 알 수 없는 물방울들이 맺혀 있었다.

악을 쓰며 전진하는 카일의 모습에 병사들은 부상병들을 부축하면서도 2차 성벽을 향해 쉬지 않고 달렸다.

지치고 힘들었지만 누구하나 내색하거나 멈추지 않았다.

앞에서 길을 뚫고 있는 카일 군단장의 모습이 너무나 처절했기에.

도움을 주지는 못할망정 짐이 되고 싶지는 않았기에 모두 이를 악물고 끊어질 것 같은 다리를 움직이고 있었다.

카일의 손은 미친 듯이 떨리고 있었다.

건물의 잔해들, 날아오는 포탄들, 적들의 공격까지 대부분을 홀로 뚫으며 2차 성벽으로 후퇴하고 있었기에 지금 카일의 전신에 어디하나 멀쩡한 곳이 없었고 넝마가 된 카일의 몸은 미친 듯이 떨리고 있었다.

하지만 이대로 자신이 쓰러진다면 노이안과의 약속을 지킬 수 없기에 없는 기력을 짜내며 전신을 부들부들 떨면서도 멈추지 않고 대검을 휘두르며 전진하고 있었던 것이다.

사실 잠깐이라도 대검을 휘두르는 것을 주춤한다면 더는 대검을 휘두르지 못할 것 같았다.

잠깐이라도 멈추는 순간 자신의 몸이 더는 움직이지 않을 것 같은 느낌을 받고 있었기에 카일은 휘두르는 대검을 한시도 멈추지 않았다.

"멈추지 마라! 어서 달려라!"

카일은 젖 먹던 힘을 짜내며 병사들을 재촉하고 있었다.

출혈량과 자신의 상태를 봤을 때 자신은 곧 끝이라는 걸 알았기에 병사들이라도 빨리 후퇴하기를 바랐기 때문이다.

혹시라도 자신이 죽어 병사들을 공격하지는 않을까 하는 생각에 카일은 병사들을 앞으로 보내고 후방으로 가 병사들과 멀어질 생각이었다.

쾨앙!

그런 카일의 생각은 시체가 되어 나타난 이지제국 병사의 검에 의해 산산조각이 나듯 무너지고 말았다.

휘이익~ 쿵!

카일의 대검이 시체가 되어 이지를 상실한 이지제국병사의 검에 의해 날아가 바닥에 떨어지고 있었다.

간신히 공격은 막았지만 균형을 잃고 넘어진 카일은 더 이상 일어설 기운이 없었다.

양 손아귀는 터져서 덜덜 떨리고 있었고 눈만 간신히 깜빡일 뿐 더는 할 수 있는 것이 없었다.

카일은 이대로 죽는다면 저 병사와 마찬가지로 아군을 공격하게 될 거라는 생각이 들자 너무나 끔찍했다.

당장 자신의 사지를 뽑아버리고 자결하고 싶었지만 더 이상은 손가락 하나 까딱할 기운조차 없었기에 조금이라도 기운이 남아있을 때 자결하지 못한 스스로가 너무나 원망스러워 두 눈가엔 눈물이 고이고 있었다.

마지막으로 자신을 향해 검을 내려찍는 병사의 검을 바라보며 카일은 두 눈을 감았다.

촤아악!

카일은 이상했다.

자신의 몸에 그 어떤 충격도 느껴지지 않았기에.

적의 공격이 자신이 아무것도 느끼지 못할 정도의 쾌검이었나 생각이 들었다.

하지만 그 생각은 또 다른 의문을 만들었다. 왜 자신이 아직도 생각이란 걸 하고 있는지 그것이 너무나 의문이었다.

카일은 힘겹게 눈가를 파르르 떨며 눈을 떴고 카일의 눈앞엔 방금 자신에게 검을 내리치던 병사의 머리가 있었다.

순간 비명을 지를 뻔 했지만 비명을 지를 기력도 없었기에 그저 눈만 깜빡일 뿐이었다.

그런 자신의 몸에 다른 누군가의 손길이 느껴졌다.

"어서 카일 군단장을 옮겨라! 절대로 카일 군단장을 죽게 하지 마라!"

"예!"

카일의 눈에는 라이오스의 모습이 들어왔다.

라이오스는 대검이 휘둘러질 때마다 폭풍이 일어날 것 같은 검풍이 불고 있었고 그 상쾌한 바람에 카일은 자신이 아직 살아있음을 느낄 수 있었다.

라이오스는 만신창이가 된 몸으로 2차 성벽의 목전까지 온 카일을 바라보며 전율을 느끼고 있었다.

"바통 터치다 카일."

탁.

카일은 라이오스를 바라보며 전신의 힘을 모아 부들부들 떨면서도 라이오스의 손바닥을 자신의 손바닥으로 터치하곤 눈을 감았다.

라이오스의 눈빛에서 믿음을 봤기에 조금은 쉬어도 된다는 생각에 자신의 임무를 라이오스에게 맡기며 카일은 눈을 감았다.

사실 라이오스는 카일이나 노이안에게 원수 같은 존재였다.

자신들을 노예로 만든 엘라인 종족이었으니까.

물론 라이오스의 형이 한 짓이었지만 쉽사리 그에 대한 원망이 사라지진 않았다.

라이오스도 그걸 알았기에 누구보다 솔선수범하며 전쟁터에 앞장섰다.

엘라인 종족을 향한 원망이 조금이나마 사라지도록.

자신들이 지은 죄를 조금이나마 사죄할 수 있도록 누구보다 열심히 치열하게 싸웠다.

그런 라이오스의 모습이 연기가 아니라 진심이라는 걸

거듭된 전투를 함께하며 알 수 있었다.

그렇게 전투를 거듭하며 그들은 원수에서 동료로. 동료에서 전우로. 전우에서 친구로 발전할 수 있었다.

그랬기에 카일은 라이오스의 모습을 보자 병사들이 2차 성벽까지 무사히 갈수 있을 거란 확신이 들었고 긴장이 풀리자 힘겹게 잡고 있던 의식의 끈을 놓아 버리곤 잠에 빠져 버렸다.

라이오스가 카일이 있던 이곳까지 달려오며 2차 성벽에서 이곳까지의 길은 뚫어놓은 상태였고 병사들은 라이오스가 닦아놓은 길로 빠르게 후퇴할 수 있었다.

라이오스는 최후방까지 달려가 후방에서 쫓아오고 있는 적들을 공격했다.

카일이 뚫고 있던 전방은 그나마 나은 상황이었던 것이다.

노이안의 죽음과 함께 적들은 후퇴중인 이지제국 병사들을 빠르게 추격하기 시작했고 결국 따라잡히며 적들에게 병사들은 도륙당하고 있었다.

이들과의 싸움은 죽음이 끝이 아니었다.

적의 손에 죽었는데 억울하게도 적의 편에 서서 싸워야만 했으니까.

피와 살이 튀고 비명이 난무하는 처참한 후방의 모습에 라이오스는 이를 악물고 대검을 휘둘렀다.

"죽지마라! 죽어서 나와 적이 되고 싶은 것이냐! 어서 성벽으로 달려라! 거의 다 왔다! 조금만 더 힘을 내!"

콰직!

"이제 이 빌어먹을 전쟁도 거의 끝이 보인단 말이다!"

콰아앙!

"너희들은 그동안 보여준 폐하의 모습을 잊었느냐!"

촤아악!

"폐하라면 어떻게든 우리를 승리로 이끌 것이다!"

퍼엉!

"난 살아서 그 승리의 영광을, 그 기쁨의 순간을 함께 하고 싶다!"

푸욱!

"폐하와! 그리고 너희들과! 종족은 달랐지만 지금의 우리는 이지제국의 백성이고 하나의 제국아래 뭉쳐있다! 난 이지제국의 모두와 그 영광의 순간을 만끽하고 싶다!"

라이오스는 고래고래 소리치며 병사들이 조금이나마 힘을 내라며 독려하며 대검을 휘둘렀다.

라이오스의 대검이 휘둘러질 때마다 서너 명의 적들이 동시에 쓰러지고 있었지만 이미 죽은 시체인 적들은 아랑곳하지 않고 일어나 다시 공격을 하곤 했다.

라이오스는 다시 공격을 하는 적들의 사지를 침착하게 잘라내며 병사들의 후퇴를 도왔다.

노이안과 키일의 희생을 라이오스는 헛되게 만들지 않았다.

노이안과 카일이 지키려던 병사들을 라이오스는 제대로 인수인계 받으며 2차 성벽까지의 후퇴를 성공시켰다.

그 과정에서 라이오스도 적지 않은 상처를 입었지만 상처를 치료하지 않고 2차 성벽에서 상황을 살피고 있었다.

[라이오스 군단장님. 카일 군단장님의 치료가 성공적으로 끝나고 지금 회복실에서 회복중이라고 하십니다.]

라이오스는 카일의 치료가 성공했다는 무전에 기분 좋은 미소를 지으며 전장을 바라봤다.

라이오스는 카일이 살았다는 기쁜 소식에도 기분 좋은 미소를 계속 유지할 수가 없었다.

밀려드는 적들을 바라보면 미소를 지을 수가 없었다.

적들 중엔 이지제국 병사들이 꽤나 많았으니까.

지금 이지제국이 계획하고 있는 함정을 발동시키면 저들의 시체조차 찾을 수 없을 테니까.

흔적조차 남기지 않을 테니까.

그랬기에 라이오스는 착잡한 표정으로 전방을 바라볼 뿐이었다.

대전 안은 침묵에 휩싸인 채 지후가 바라보고 있는 대형 모니터만을 모두가 주시하고 있었다.

이곳에 있는 그 어느 누구도 이걸 발동시킬 날이 올 것이라고 생각하지 않았었다.

혹시나 만약의 상황을 대비해 최후의 보루로 설치했던 것이었기에 그 누구도 그걸 사용하자는 말을 꺼내지 못하고 있었다.

그나마 이걸 실행하기 전 살아있는 이지제국의 병사들이 모두 후퇴를 했기에 이제는 사용할 여건은 만들어진 상황이었다.

지후는 고심에 고심을 거듭하고 있었다.

이미 2차 성벽에서 1차 성벽의 사이는 초토화가 되어 있었고 거센 불길이 활활 타오르고 있었다.

건물들도 대부분 붕괴되었기에 재건을 하려면 상당한 시간과 자원, 인력 등이 투입돼야 할 것 같았다.

이미 초토화가 된 상태지만 흔적이나 기반은 있는 상태에서 재건을 하는 것과 아무것도 없는 황무지에 재건을 하는 건 다른 문제였다.

그랬기에 쉽사리 결정을 할 수 없었지만 모니터에 보이는 시체가 되어 아군을 공격하는 이지제국의 병사들을 보며 지후는 결정을 내릴 수밖에 없었다.

시체도, 그 어떤 흔적도 찾을 수 없을 테지만 한때 동료였던 이지제국의 병사들에게 지후가 해줄 수 있는 건 영면뿐이었다.

저들이 혹시라도 자신의 가족을 죽이는 상황이 생긴다면 꿈에 나타나 자신을 원망할 것 같았기에 지후는 결정을 내릴 수밖에 없었다.

지후는 아공간 반지에서 열쇠를 하나 꺼냈다.

에메랄드빛으로 빛나는 열쇠를 대전의 한 가운데에 있는 컴퓨터에 꽂고는 180도 돌리자 수십 대의 화면이 켜지며 카운트다운의 실행을 알렸다.

180초의 카운트다운 실행과 함께 2차 성벽에는 대 방어 마법진과 실드들이 가동됐다.

2차 성벽에서 1차 성벽과 1차 성벽 밖의 지저에는 무수히 많은 핵이 잠자고 있었다.

뛰어난 과학기술 덕에 방사능은 일체 없고 인체에는 무해했지만 그 어떤 흔적도 남기지 않고 이지제국이 쌓아 온 모든 흔적이 가루가 될 것이기에 고심을 했던 것이다.

물론 발전된 과학기술은 딱 2차 성벽에서부터 1차 성벽 밖까지만 폭발의 범위가 설정되어 있지만 그동안 그곳에서 살던 백성들도 적지 않았기에 결심을 내리는 게 쉽지는 않았다.

이지제국에 와서 만든 그들의 삶의 터전이 흔적조차 남기지 않고 사라질 테니까.

적지 않은 갈등이 있었지만 지후는 열쇠를 돌리며 최후의 함정을 발동시켰다.

이런 상황에 사용하기 위해 설치했던 것이기에.

죽어서 적진에 있는 병사들이지만 그동안 자신의 백성들이었기에 그들을 조금이라도 빨리 쉬게 해줘야만 했다.

180초의 카운트는 순식간에 지나갔다.

5

4

3

2

1

화면엔 눈부신 빛만이 자리 잡고 있었다.

모든 이지제국의 병사들의 무전엔 카운트다운 소리가 들리고 있었기에 다들 그 순간 눈을 질끈 감았다.

정확한 범위에서만 폭발이 일어났고 실드가 발동되어 폭발의 위력이 이지제국을 침범하진 않았지만 이지제국 병사들은 무전기를 통해 들리는 섬뜩한 굉음에 식은땀을 흘리며 긴장했다.

귀를 찢어 버릴 것 같은 날카로운 굉음의 핵폭발 소리가 무전을 통해 들려왔고 이지제국의 하늘은 번쩍이고 있었기에 모두가 긴장한 채 그것을 바라보고 있었다.

최후의 보루를 사용해야 할 정도로 몰렸다는 사실과 흔적조차 남기지 못하고 죽어간 동료들에 대한 생각은 이지제국 병사들에게 분노와 광기를 불러일으키고 있었다.

지후는 대전 밖으로 나가 모니터가 아닌 북문이 있던 곳을 바라보고 있었다.

원래는 보일 거리가 아니지만 지금은 보이고 있었다.

아득히 먼 곳이었지만 선명하게 피어오르고 있는 버섯구름은 그곳이 핵폭발과 함께 이지제국의 백성들이 영면에 든 곳이라고 알려주고 있었다.

그 어떤 흔적도 남기지 못했지만 지후나 저 버섯구름을 바라보는 이지제국의 병사들은 모두 경례를 취하며 경건하게 바라보고 있었다.

무덤조차 만들어 주지 못해 미안하다고.

절대로 잊지 않고 가슴속에 새기겠다고.

그리고 이 상황을 만든 하얀 악마들에게 꼭 승리를 하겠다고.

이지제국의 백성들과 병사들, 군단장들과 황제인 지후는 버섯구름을 바라보며 지금의 치욕을 가슴속에 새겼다.

힘든 훈련을 통해 지금까지 생존했건만 죽어서도 쉬지 못하는 상황은 이지제국 병사들의 가슴속에 잠자고 있던 분노와 광기를 일깨웠다.

자신의 동료가, 자신의 동족들이 그 어떤 흔적조차 남기지 못하고 세상에서 사라졌기에 살아있는 이지제국 병사들이 느끼는 감정은 분노라는 단어 그 이상이었다.

핵폭발과 함께 참고 있던 분노도 함께 터져버린 병사들은 당장이라도 적들과 싸우고 싶었다.

적들에게 지금 느끼고 있는 울분을, 분노를 풀고 싶었기 때문이다.

다오르고 있는 대지는 새벽의 밤하늘을 해가 뜬 대낮저럼 환하게 밝히고 있었다.

타오르는 대지를 뒤로하고 지후는 장관들과 군단장들을 이끌고 대전으로 들어가 작전을 짜기 시작했다.

더 이상 후퇴를 해선 안 되기에 이제는 새로운 돌파구가 필요한 시점이었다.

회의는 꽤나 오랜 시간동안 계속됐지만 이렇다 할 만 한 계략이 나오진 않았다.

한 가지 계획이 나오긴 했지만 그 결과물을 보며 모두의 가슴속엔 한 가지 생각뿐이었다.

'시간 낭비.'

그냥 평소에 하던 대로 하는 것이었다.

이지제국의 병사들의 전술은 세 가지가 넘지 않는다.

일단 세 달의 시간동안 휴가와 휴식도 쥐야 했기에 다양한 전술을 익힐 시간적 여유가 없었고 전쟁이 끝난 뒤에는 새로 합류한 종족들이 이지제국에 적응하는 시간도 필요했기에 전술이 다양하지 않았다.

이번 작전도 마찬가지였다.

방패수들이 막아내면 공격을 하는 매우 단순한 전술이었다. 하지만 이지제국의 이 단순한 전술은 더 이상 단순한 경지가 아니었기에 파괴력만큼은 그 어떤 전술보다도 뛰어났다.

적들은 불길의 영향이 미치지 않는 곳에 모여서 불이 꺼지기를 차분히 기다리고 있었다.

절대로 서두르지 않는 적들의 침착한 모습을 모니터를 통해 보던 지후는 혀를 찼다.

아마 저게 이지제국과 저들의 차이점일 것이다.

지후는 그들을 생각하며 주먹을 말아 쥐었다.

반드시 하얀 악마들에게 검은 악마가 강림하는 모습을 보여주겠다고.

하루가 지나자 대지를 활활 태우던 거센 불길은 대부분 꺼져 있었다.

이제 계획한 작전을 실행할 시간이 다가오고 있었다.

작전은 단순했다.

윌로드와 수혁과 지현을 필두로 적들을 향해 방패를 앞세워 전진하며 공격하는 것이었다.

그런 과정에서 흑마법사들의 모습이 보이면 대기 중인

아영과 소영을 필두로 무카스가 이끄는 종족들과 남궁지학이 이끄는 무림인들이 지후가 열어둔 게이트를 통해 넘어가 흑마법사들을 사냥할 계획이었다.

아영이 적들의 속마음을 읽어 빠르게 대처할 수 있기에 이번 작전은 아영이 포인트였다.

아영이 흑마법사들을 하나라도 더 캐치해서 죽이라고 명령해야 전세를 뒤집을 수 있었기 때문이다.

하얀 악마들의 치료보다 죽은 병사들이 일어나는 것이 이지제국에겐 훨씬 커다란 부담이었기에 대부분의 병력들은 흑마법사들을 노리기로 계획되었다.

그렇다고 하얀 악마들을 내버려 두는 것은 아니었다.

그들이 흑마법사들을 치료해선 곤란하기에.

그들을 상대할 사람은 따로 있었다.

바로 이지제국의 황제인 지후였다.

지후는 하얀 악마라 불리는 천족들에게 검은 악마가 되어 철저하게 짓뭉개버릴 생각이었다.

영원히 꺼지지 않을 것 같은 불꽃은 하루가 지나자 완벽하게 소거되었다.

이지제국 병사들이 원했던 건 아니지만 그 덕에 전투의 피로를 조금이나마 회복할 수 있는 하루를 보낼 수 있었다.

적들은 다른 문을 공격하지는 않았다.

그들은 오로지 직진뿐이었다.

그건 아마도 자신감일 것이었다.

계략 따위는 필요 없다는.

하지만 이상한 점이 있었다.

자신감에 가득 차서 직진만 하는 것치곤 적들이 너무나 천천히 전진했다.

아영이 그들의 속마음을 들여다보고 한 말에 모두는 경악과 분노를 느끼고 있었다.

'귀찮게 왜 돌아가? 천천히 자기들끼리 서로 죽이는 거나 보면서 즐기자고. 전쟁터에선 조금씩 조여 가는 것만큼 재미있는 게 없거든.'

이건 하얀 악마중 하나의 속마음이었다.

단숨에 쳐들어 와도 되건만 그동안 왜 그렇게 천천히 조금씩 전진했던 것인지 모두가 알 수 있었다.

그들에겐 이지제국과의 전쟁이 그저 놀이고 유희였다.

그들은 조금씩 이지제국의 목을 조르며 즐기고 있었던 것이다.

그 사실을 알게 된 이지제국의 병사들은 더욱 더 분노하며 적들에게 방패를 들고 전진했다.

아직 대지에 열기가 남아있었기에 지후는 게이트를 통해 단숨에 적들의 앞으로 병사들을 이동시켜 주었다.

"와아아아!"

이지제국 병사들의 엄청난 함성이 적들에게 울려 퍼지고

있었다.

적들은 갑자기 나타난 이지제국 병사들을 보면서도 딱히 반응을 보이지 않았다.

시큰둥한 반응이었다.

적들의 3분의 2가 죽어있는 시체들이었기에.

그들에게 감정은 없었고 그저 명령에 의해 공격만을 행할 뿐이었다.

"적들을 죽여라!"

"적에게 영면을 선물해라!"

군단장들의 고함소리와 함께 방패수들을 선두로 적들과 본격적인 교전이 시작되었다.

콰앙!

채앵! 챙!

콰직!

혹시라도 방패를 넘어 들어오는 적들은 방패수들의 뒤에 자리 잡고 있는 검사들과 창병들에 의해 순식간에 도륙되었다.

전투가 본격적으로 벌어지고 심화되어가자 전장엔 점점 시체가 쌓이기 시작했다.

그걸 보자 본격적으로 숨죽이고 숨어있던 흑마법사들이 모습을 드러내기 시작했다.

"흑마법사다!"

"흑마법사가 나타났다!"

무전을 통해 지후의 귀에는 흑마법사들의 출현소식이 들리고 있었고 지후는 바로 게이트를 열며 이번 작전의 키를 쥐고 있는 무카스와 남궁지학 그리고 두 부인을 바라봤다.

"아영아. 조심해."

"네. 지후씨."

"소영이도 다치지 말고."

"네. 오빠."

지후는 두 사람과 포옹을 나눈 뒤 게이트를 열었다. 게이트를 통해 무카스가 이끄는 야생을 간직하고 있는 종족들과 남궁지학이 이끄는 무림인들이 달려갔다.

마지막으로 아영과 소영이 게이트를 통과하는 모습을 보곤 지후는 게이트를 닫았다.

게이트에서 나온 아영과 소영에게 보이는 장면은 엎치락뒤치락 난전이 벌어지고 있는 장면이었다.

전쟁터는 난장판이었지만 이런 아수라장은 무카스가 이끄는 종족과 남궁지학이 이끄는 무림인들에겐 익숙한 환경이었다.

아영은 무카스와 남궁지학에게 공격하라는 수신호를 보냈고 수신호를 본 무카스와 남궁지학은 자신들이 이끄는 종족들과 함께 전장을 헤집으며 흑마법사들의 목을 노리기 시작했다.

시작은 무카스였다.

무카스가 자신의 단창을 하나 들더니 적진을 향해 힘차게 쏘아 보냈다.

쉐에엑!

엄청난 파공성과 함께 공기를 가르며 날아간 무카스의 단창은 주문을 외우고 있던 흑마법사의 이마를 단숨에 관통하고 있었다.

결과는 안 봐도 당연히디는 듯이 결과를 보지도 않고 무카스는 등에 메고 있던 자신의 창을 뽑아 다른 흑마법사들을 사냥하기 시작했다.

무카스와 무카스가 이끄는 종족들은 야생동물과도 같은 날렵한 움직임이었다.

무림인들에게 비치는 무카스와 그 종족들의 움직임은 사냥감을 놓치지 않는 포식자의 움직임 그 자체였다.

기묘한 움직임이었지만 단숨에 적들을 압도하며 학살하고 있었다.

잠시 넋을 잃고 바라보던 남궁지학과 무림인들은 질수 없다는 듯이 호승심이 가득한 눈빛을 빛내며 흑마법사들을 향해 경공을 밟아 날아갔다.

자신들의 초식을 펼치며 검강과 도강, 장법들을 날리며 무림인들도 흑마법사들을 도륙하는 것에 합류하기 시작했다.

무림인들 중에선 검후의 활약이 단연 으뜸이었다.

혈마는 이상하게도 후방에서 자리한 채 움직이지 않고 있었다.

무당 장문인은 무림인들 전체를 아우르며 혹시라도 손길이 필요한 곳을 도우며 전체적인 밸런스를 맞춰주고 있었다.

아영은 평소에는 화살을 날리며 위험에 처한 병사들을 도왔지만 지금은 명령을 내리며 지휘에 집중하고 있었다.

적들의 속마음을 읽으며 흑마법사들을 찾아내 위치를 알리느라 다른 것에 신경 쓸 겨를이 없었다.

소영은 그런 아영을 보호하며 접근하는 적들을 도륙하고 있었다.

아영과 소영은 전방에서 느껴지는 엄청난 기운에 잠시 넋을 잃고 바라보고 있었다.

엄청난 기운을 풍기고 있는 사람의 정체는 바로 검후였다.

검후는 자신을 피하는 지후에 대한 울분을 토해내듯 전장을 홀로 하드캐리하고 있었다.

검후의 검은 흑마법사만을 베고 있지 않았다.

그저 모든 적을 가녀린 팔로 압살하듯 베어버리고 있었다.

아영과 소영은 그 모습을 바라보며 한숨을 쉬고 있었다.

소영은 아영에게 검후의 사연을 들었기에 상황을 대충이나마 알고 있었기에 마음이 편하지 않았다.

"언니… 저분이 언젠가…."

"어쩌겠니… 전생에서부터 이어진 인연인데… 우리가 이해해야지."

"그렇긴 한데… 동생이라고 해야 할까요…? 순서상 셋째가 맞는데 너무 어렵고 불편할 것 같아요."

"일단은 전장에 집중하고 나중에 생각하자."

"네에…."

아영도 소영이 불안해하는 문제에 대해 생각을 안 해본 것이 아니었다.

다만 아무리 생각해도 정답이 나오지 않았기에 생각하고 싶지 않았다.

특히나 지금 같은 상황에 그런 생각을 하고 있을 틈이 없었다.

'우리보다 훨씬 강한 동생이라니… 나이도 많던데….'


그 시각 후방에서 자리 잡은 채 움직이지 않고 있던 혈마와 혈마신교의 교도들은 진법을 발동시키며 술법을 읊고 있었다.

이에는 이, 눈에는 눈.

지후는 작전을 계획하다 혈마와 혈교의 장로들을 불러 모은 뒤 한 가지를 물어봤다.

그리고 돌아온 대답은 재료만 있다면 얼마든지 가능하다는 대답이었다.

평소였다면 상상조차 하지 않았을 방법이었지만 적들의 마음을 알게 된 지후는 수단과 방법을 가릴 생각이 없었다.

적들에게 지옥을 선사해주고 싶었기에.

장로들이 말하는 재료는 전장에 널려있었다.

재료는 딱 두 가지가 필요했다.

시체와 피.

지금 이곳에 가장 넘쳐나는 두 가지가 바로 시체와 피였기에 지후는 이지제국 병사들의 시체가 아닌 적들의 시체로만 혈강시를 만들어 적들을 공격하라 명령했다.

혈마의 모든 내공을 혈강시를 만드는 작업에 사용하고 있었기에 엄청난 수의 혈강시가 혈교의 진법에서 나오고 있었다.

혈마의 내공이 조금씩 주입되어 있기에 흑마법사들의 지배력보다 훨씬 뛰어난 지배력을 보이고 있었다.

적들이 일으키는 시체들과 혈강시는 달랐다.

아무리 속성으로 만들었다고 하지만 생전의 능력만을 사용하는 적들이 만든 좀비들보다 혈교가 만들어낸 혈강시들이 뛰어났다.

혈강시들의 몸은 생전보다 더욱 단단해지고 생전의 능력보다 두 배 가량 증폭된 위력을 보이고 있었다.

대신 속성으로 만든 것이었기에 6시간 정도가 지나면 미라가 되어 가루로 변할 예정이었다.

이지제국의 병사들은 그동안 단순한 전술훈련만을 끊임없이 반복하며 연습했다.

지금 그 단순한 전술이 빛을 발하며 하나가 되어 적들을 쉴 새 없이 밀어붙이고 있었다.

방패수들의 방패는 견고했고 방패수들이 방어하는 틈을 이용해 공격하는 이지제국 병사들의 공격은 일사불란했다.

앞쪽에선 무카스와 남궁지학이 이끄는 군단들이 흑마법사들을 공격하며 적진을 뒤흔들고 있었기에 이지제국 병사들의 전진은 멈추지 않았다.

또한 지현이 이끄는 치료부대가 방패수들이 만든 진영의 한가운데에서 치료소를 운영하고 있었기에 조금만 다치면 바로바로 치료를 받고 전장으로 복귀하고 있었다.

조그만 상처라도 바로바로 치료를 하는 효과는 생각이상으로 좋았다.

낭비라고 볼 수도 있었지만 상처는 순식간에 커지기도 하는 법이고 혹시라도 죽게 되면 흑마법사들에 의해 조종당할 수 있었기에 지현이 이끄는 치료부대의 존재는 병사들의 마음을 안정시키고 있었다.

본격적으로 혈마와 혈교도들이 만들어 낸 혈강시들이 전장에 투입되기 시작했다.

그들의 안색은 혈강시가 되며 매우 창백해져 있었기에 적들과 확연하게 구분되고 있었다.

누가 봐도 정상이 아닌 피부색이었기에 구분은 그다지 어렵지 않았다.

혈강시들이 투입되자 이지제국의 병사들은 본격적으로 전진하기 시작했다.

그동안 적들에게 철저히 놀아났다는 생각과 동료들의 영면을 방해한 죗값을 받아내기 위해 이지제국의 병사들은 거침없이 무기를 휘두르기 시작했다.

탕탕탕탕!

채앵! 챙!

병사들이 쏘아대는 총소리와 휘두르는 병장기의 소리는 끊임없이 전장에 울려 퍼졌지만 그 소리는 왠지 기분이 좋은 울림이었다.

혈강시들은 적들을 상대로 대활약을 하고 있었다.

특히 죽어서 시체가 된 이지제국 병사들을 상대하기 꺼려하는 병사들에게 그런 동료들을 쉬도록 해주는 혈강시는 너무나 든든한 존재들이었다.

혈강시들은 병사들처럼 감정이 있지 않았기에 적에게 그 어떤 자비도 없었다.

그저 자신들에게 내려진 명령만을 충실히 행할 뿐이었다.

상태가 안 좋아진 혈강시들은 자리를 이탈하며 적진 깊숙이 달려갔다.

적들의 공격을 무시하며 그저 적진에 깊숙이 침투할 뿐이었다.

그리고 벌어진 일을 보며 병사들은 혈강시들의 행동을 알 수 있었다.

혈강시들은 쓰러지기 전까지 자신들이 할 몫을 톡톡히 해주고 있었다.

적진 깊숙이 침투한 혈강시들은 자폭을 하며 적들과 함께 산화했다.

이지제국의 기세에 밀리던 적진에는 드디어 하얀 악마라고 불리는 천족들이 모습을 드러냈다.

하얀 악마들은 나타남과 동시에 자신들의 노예들을 치료하기 시작했다.

특히 흑마법사들을 집중적으로 치료하기 시작했다.

흑마법사들은 그들이 하얀 악마라고 불리는 전술의 핵심이었기에 천족들은 흑마법사들을 집중적으로 치료하며 이지제국 병사들을 향해 공격하기 시작했다.

정신력과 분노로 전진은 하고 있었지만 병사들의 심신은 상당히 지쳐있었기에 천족들의 공격을 막는 것은 쉽지 않았다.

한창 전투 중이던 하늘엔 게이트가 열리고 있었고 천족들의 출현소식을 들은 지후는 바로 게이트를 열고 윌슨과 함께 이곳으로 넘어왔다.

드디어 참고 있던 자신의 분노를 터트릴 시간이었다.

칠흑 같이 어두운 소울아머를 입은 지후는 새하얀 갑옷을 입고 있는 천족들을 향해 주먹을 뻗었다.

지후의 오른 주먹에 있던 황금빛이 북치는 소리와 함께 사라졌다.

퍼엉!

지후는 천족들을 바라보며 주먹을 뻗고 있었지만 아무 일도 일어나지 않았다.

천족들은 무슨 상황인가 어리둥절했지만 대수롭지 않게 생각하며 움직였다.

하지만 천족들이 몸을 움직이자 천족들의 몸엔 관통상이 있거나 상체와 하체가 분리되어 있었고 핏물이 폭포수처럼 쏟아지고 있었다.

지후는 단 한 번 주먹을 뻗은 것처럼 보였지만 너무 빨랐기에 그렇게 보인 것뿐이었다.

실제론 그 찰나의 순간 지후의 주먹은 수백 번이나 적들에게 휘둘러졌다.

천족들의 새하얀 피부는 지후의 무력시위에 더욱 하얗게 질리고 있었다.

도저히 믿을 수 없는, 본적도 들어본 적도 없는 무력이었다.

자신들이 따르는 천왕이 과연 그를 이길 수 있을까 하는 생각이 들 정도로 무시무시한 일격이었고 단숨에 천족들의 사기는 꺾이고 있었다.

지후는 천족들을 향해 무시무시한 살기를 폭사시키며 달려갔다.

지후의 주먹이 한 번씩 휘둘러질 때마다 서너 명의 천족들이 바닥에 나뒹굴고 있었다.

채앵!

지후의 팔목에 천족의 대검이 막히고 있었다.

천족의 대검은 지후의 팔목에서 불꽃을 튀길 뿐, 그 어떤 피해도 주지 못하고 있었다.

지후는 천족의 대검을 붙잡더니 그저 주먹을 말아 쥐는 듯한 행동을 할 뿐이었다.

날카롭고 단단해 보이는 대검이 마치 종이처럼 지후의 손에서 산산조각이 나고 있었다.

지후는 눈에 보이는 천족들에게 쉬지 않고 달려갔다.

오늘 지후의 모습은 뭐랄까 제약이 없어 보였다.

온몸을 써서 공격하는 지후의 모습은 약간 무식해 보일 수도 있었지만 평소보다 훨씬 공포스러웠다.

이마로 박치기를 하며 상대방의 머리통을 부수고, 어깨로 숄더 어택을 하는 모습은 난폭함 그 자체였다.

그리고 손에 닿는 대로 적들의 육체를 뜯어내며 해체해 버리는 지후의 모습은 너무나 섬뜩했다.

오늘따라 지후가 주먹을 휘두를 때마다 일어나는 권풍이 유난히 매섭고 섬뜩한 소리를 토해내고 있었다.

소울아머를 입고 있는 지후는 천족들에게 악마 그 자체였다.

천족들이 하얀 악마라면 지후는 검은 악마의 모습이었다.

아니, 천족들보다 훨씬 악마라는 단어가 잘 어울리는 지후의 모습이었다.

지후는 이지제국의 병사들을 향해 소리치고 있었다.

"모두 잘 들어! 이번 전쟁만 끝나면 우린 마지막 전쟁을 한다. 여기까지 와서 그동안의 노력을 물거품으로 만들 셈인가? 난 너희들과 이번 전쟁에서 승리하고 마지막 전쟁을 승리로 마무리 짓고 싶다! 너희들이 그동안 흘린 땀은 절대로 너희들을 배신하지 않는다. 스스로를 믿어라! 너희가 흘렸던 피와 땀을 믿어라! 그거 알아? 어떤 공격이든 자신감 있게 하는 게 가장 중요한 거야. 그런 자신감은 때로는 불가능 할 것 같은 일도 가능케 해주는 경우가 있거든. 내가 주먹을 뻗을 때 언제나 깔려있는 베이스가 있어. 뻗으면 반드시 맞는다. 내가 최고다! 그게 밑바탕으로 깔려 있기에 그런 자신감이 있으니까 내 공격이 통하는 거야. 너희가 그동안 흘린 피와 땀의 무게는 결코 가볍지 않아! 자신감을 가지고 공격해라! 그리고 너희 모두 나와 함께 역사가 되는 거다!"

지후의 말은 이지제국의 모든 병사들이 들을 수 있었고 지쳐있던 모두의 육신에선 언제 지쳤었냐는 듯 힘을 내며 적들에게 맹공을 퍼붓기 시작했다.

지후는 지친 병사들의 사기를 높여준 뒤에 다시 천족들을 향해 손을 뻗었다.

지후의 손에선 천족들의 핏물이 끊임없이 흐르고 있었다.

하지만 지후는 멈출 생각이 없었고 천족들도 지후로 인해 흑마법사들을 치료할 정신이 없었다.

저 악마에게서 벗어나야 된다는 생각뿐이었지만 저 악마는 자신들에게 그 기회를 철저하게 빼앗고 있었다.

후퇴하려는 길목마다 지후는 번번이 나타났고 머리를 으깨고 사지를 뜯어 버리며 천족들에게 진정한 공포란 무엇인지 뼛속깊이 제대로 심어주고 있었다.

지후는 갑작스럽게 자신을 향해 날아오는 엄청난 공격을 느끼며 양팔을 엑스자로 겹치며 소울 실드를 펼쳤다.

쉬이익~ 콰아아아앙!

지후는 갑작스럽게 날아온 엄청난 공격을 막아내며 뒤로 주르륵 밀려났다.

소울아머가 발동했기에 피해는 없었지만 줄어든 영혼력으로 보아 지금 이 공격을 날린 적은 심상치 않은 인물이라는 확신이 들었다.

공격을 날린 사내는 바로 적들의 수장인 천왕이었다.

그는 새하얀 날개를 펄럭이며 지후를 매섭게 노려보고 있을 뿐이었다.

지후는 적의 수장이 자신을 내려다보는 것이 마음에 들지 않았다.

지후는 허공답보를 펼치며 적의 수장과 눈높이를 맞추고 노려보기 시작했다.

누가 보면 악마와 천사가 대결을 앞두고 있는 모양새였다.

악마에게 괴롭힘을 당하는 천사의 모습이랄까?

겉으로 보기에 지후는 악마였고 적은 천사 같았다.

하지만 적은 하얀 악마라고 불리는 악마보다 더욱 악마 같은 악랄한 종족이었다.

지후는 자신의 병사들을 이용한 적들에게 자비를 베풀 생각이 없었다.

그랬기에 오늘은 평소보다 더욱 힘을 과시했던 것이었다.

"감히 내 종족의 사지를 뜯다니 절대로 편히 죽지는 못할 것이다!"

첫마디에 대뜸 헛소리를 하자 지후의 입에서 결코 좋은 말이 나갈 수 없었다.

어차피 적에게 좋은 말을 할 지후가 아니었지만.

"지랄하고 있네. 내가 오늘 꼭 네 날개 색 바꿔줄게."

붉은 색으로 염색해줄게.

지후는 적의 수장이 나타난 이상 전투를 더 끌 생각은 없었다.

이미 지칠 대로 지쳐있는 이지제국의 병사들이었기에 조금이라도 빨리 전쟁을 끝내고 휴식을 줘야했다.

그리고 이번 천족과의 전쟁은 그 어떤 전쟁보다도 불쾌했기에 대화조차 불필요하게 느껴지고 있었다.

서로가 왕이라는 것만 알면 그만이었다.

통성명은 필요 없었다.

피슈웅!

마치 탄환이 날아가듯 공기를 가르며 날아간 지후는 천왕을 향해 주먹을 힘껏 뻗었다.

쾅!

천왕은 대검의 검면으로 지후의 주먹을 막아냈지만 그 위력에 머리털이 곤두서는 듯한 섬뜩한 기분을 느꼈다.

천왕도 지후 못지않은 무력을 가지고 있었기에 단 한 번의 주먹질이었지만 지후가 얼마나 강한 상대인지 짐작할 수 있었다.

'놀이는 끝났다.'

천왕의 마음속에 든 생각이었고 천왕은 검을 고쳐 잡으며 침착하게 움직이기 시작했다.

적의 왕은 결코 자신의 아래가 아니었기에 쉽사리 검을 휘두를 수 없었다.

반면 지후는 공격에 공격을 거듭하며 공격일변도로 천왕을 압박하고 있었다.

지후는 천왕을 압살하고 싶었다.

순수한 힘으로.

힘들게 여기까지 왔지만 영면에 든 병사들에게 너희가 모셨던 황제가 이런 사람이라고 보여주고 싶었다.

그래야 그들이 하늘에서나마 웃을 수 있을 것 같아서.

그들에게 자신과 함께 싸웠던 나날들을 후회로 만들고 싶지 않았다.

그랬기에 지후는 천왕을 향해 전력으로 공격하고 있었다.

마왕을 상대할 때와는 달랐다.

피하거나 방어하지 않았다.

오직 공격이었다.

쉬이익~ 펑!

공간을 가르는 엄청난 권풍을 일으키며 적을 노리는 지후의 주먹을 천왕은 신중하게 잘 막아내고 있었다.

아직까진 잘 막아내고 있었지만 이 엄청난 공격을 언제까지 막을 수 있을지는 미지수였다.

물론 이런 공격을 언제까지 적이 할 수 있을지도 알 수 없었기에 천왕은 참고 기회를 노리고 있었다.

당장은 쉴 새 없이 날아오는 공격을 막는 것만도 벅차기에 방어에서 공격으로 전환을 할 수노 없었지만 언젠가 적이 지칠 거라는 생각을 하며 기다리고 있었다.

하지만 공격을 막는 것만으로 자신의 체력이 쭉쭉 빠져나가고 있다는 사실을 인지하자 새로운 방법을 찾아야 한다는 생각도 들었다.

그러지 않으면 이 미친 공격의 포화 속에서 압살당할 것만 같은 찜찜한 기분이었기에 공격을 막을수록 점점 침착함을 잃고 있는 천왕이었다.

하지만 새로운 방법을 찾는 것은 쉽지 않았다.

지쳐야 하건만 적의 공격은 반대로 점점 거세지고 있었다.

더는 안 되겠다는 생각에 공격을 하기로 마음먹었지만 그건 실패로 돌아가고 말았다.

동에 번쩍 서에 번쩍 자신이 공격을 하려 할 때마다 한발 먼저 생각지도 못한 곳에서 공격을 펼쳐왔다.

콰앙! 쾅! 쾅!

천왕은 지후의 공격을 막을수록 지쳐만 갔다.

대검을 타고 그 충격이 천왕을 한 번씩 훑고 지나갔기에 천왕은 이를 악물며 공격을 막아낼 수밖에 없었다.

지후는 일방적인 공격을, 천왕을 일방적인 방어를 하는 모습이었고 둘이 부딪칠 때마다 엄청난 충격파가 사방으로 터져나가고 있었다.

지후는 아직 완전히 자신의 것으로 만들지는 못했지만 어렴풋이 잡고 있던 주먹을 천왕을 향해 휘둘렀다.

눈을 감고도 피할 수 있을 것 같은 느린 주먹이었다.

하지만 그 주먹은 피할 수 없었다.

어느 곳으로도 피할 수 없을 듯이 느릿하게 조여 오는 주먹은 너무나 엄청난 기운을 품고 있었다.

슬로우 모션처럼 느릿하게 다가오는 주먹을 바라보며 식은땀을 흘리던 천왕은 가까스로 대검을 들어 주먹을 막아낼 수가 있었다.

막아내기는 했지만 천왕은 바닥을 구르며 저만치 날아갔다.

양 손아귀는 충격에 의해 모두 터져버려 대검의 손잡이에선 핏물이 뚝뚝 흐르고 있었다.

천왕의 눈부시게 빛나던 백색갑옷은 어느새 누더기처럼 더러워져 있었다.

"아직 멀었네."

적어도 천왕에게 치명적인 상처를 안겨줄 수 있을 거라고 생각했던 공격이 큰 피해를 주지 못하자 지후는 자신의 주먹을 바라보며 혼잣말을 중얼거렸다.

◇

지후의 공격은 실패라고 할 수도 있었지만 성공이라고도 할 수 있었다.

천왕은 방금 지후가 보여준 주먹으로 인해 제대로 위축되고 있었다.

자존심에 상당한 금이 간 천왕은 지후를 바라보며 대검을 높이 들었다.

계속 방어만 고집하다가는 적의 압박에 쓰러질 것 같았기에 이제부턴 자신도 필사적으로 공격을 할 계획이었다.

천왕은 자신의 손바닥을 치료하고는 본격적으로 지후에게 검을 휘둘렀다.

천왕이 공격적으로 나온다고 해서 지후는 방어를 하거나 피하지 않았다.

여전히 정면으로 부딪치고 있었다.

채애앵!

천왕의 대검이 지후의 왼쪽 팔목에 부딪치며 불꽃을

토해내고 있었지만 지후는 아랑곳하지 않았다.

아직 소울아머엔 충분한 영혼력이 있었기에 오직 공격뿐이었다.

지후는 왼팔로 대검을 막은 뒤 천왕의 품으로 파고들었다.

그런 지후의 무모한 모습에 천왕의 두 눈은 잘게 떨리고 있었다.

천왕이 대검을 휘두르지 못할 거리로 지후는 근접해 있었다.

우선 지후의 오른쪽 팔꿈치가 천왕의 턱을 올려치고 있었다.

빠각!

천왕은 잠시 주춤했지만 발을 움직이며 지후와 거리를 벌리려 하고 있었다.

대검을 휘두를 수 있는 최소한의 공간이 필요했기 때문이다.

하지만 지후는 거리가 벌어지는 것을 허락하지 않았다.

강기를 가득 머금은 지후의 로우킥이 천왕의 종아리에 작렬하고 있었다.

짜악!

바로 이어서 안쪽 허벅지를 연달아 차고 있었다.

카앙!

천왕의 갑옷이 찌그러지며 더 이상 갑옷으로서의 효력이 없다는 사실을 알리고 있었다.

지후는 집요하게도 천왕의 다리를 거듭 공격하고 있었다.

기동력을 빼앗아야 거리를 뺏기 쉽기에 지후는 천왕이 대검을 휘두를 공간을 확보하지 못하도록 거듭 천왕의 하체를 공격하고 있었다.

기듭된 하체공격에 천왕은 날개를 펄럭이며 하늘로 도망을 치려했지만 그것마저 지후에 의해 봉쇄당했다.

콰앙! 쾅! 쾅! 쾅! 쾅!

잠시 천왕이 날개를 펄럭이며 1m 정도 하늘로 떠올랐을 때 하늘에선 황금빛 강기들이 천왕을 향해 쏟아져 내리고 있었다.

지후와 거리를 벌려야 한다는 생각만 가득했던 천왕은 지후의 강기폭우를 직격으로 맞을 수밖에 없었다.

"커억!"

천왕은 입가에서 피를 토해 내며 바로 추락했다.

높이 날지 않았다는 것이 그나마 다행이라면 다행이었지만 이런 공격은 천왕의 시야를 점점 좁게 만들고 있었다.

천왕은 자신의 노예와 병사들을 불러 방패로 쓰려 했지만 그마저도 허락되지 않았다.

적의 군대와 여전히 치열한 전투 중이었기 때문이다.

천왕은 처음 느껴보는 두려움과 조여 오는 공포감에 불안감이 점점 커져만 갔다.

어디서부터 잘못된 건지 알 수 없지만 자신은 적에게 이렇다 할 공격을 하지 못하고 있었다.

물론 적도 많은 공격을 성공시킨 것은 아니었지만 아예 성공을 시키지 못한 자와 한번이라도 성공해본 자의 반응은 다를 수밖에 없었다.

천왕은 정신없이 상처 입은 자신의 몸을 치료하기 시작했다.

하지만 그걸 가만히 지켜보고 있을 지후가 아니었다.

지후는 전력을 다한 경공으로 날아가 니킥으로 천왕의 얼굴을 올려 찼다.

피분수를 터뜨리며 천왕의 고개가 젖혀졌고 지후는 그런 천왕의 몸에 올라타며 사정없이 주먹을 내리꽂기 시작했다.

한방 한방에 대지를 진동시키는 엄청난 힘이 담겨있었기에 천왕의 얼굴은 점점 망가져 갔다.

쾅! 콰앙! 쾅! 쾅!

천왕은 발버둥을 치며 지후에게서 벗어나려고 했지만 지후의 주먹에 입은 충격으로 몸이 마음대로 움직이지 않았다.

지후는 천왕에게 제대로 비비기를 시도하며 몸을 밀착하곤 틈을 주지 않았다.

지후의 관절기와 레슬링 기술들이 천왕에게 들어가며 천왕은 비명을 질렀다.

마왕도 지후의 이런 공격에 속수무책이었다.

그들이 이런 기술을 당해볼 일이 있기나 했겠는가?

지후이기에 이들에게 이런 기술을 사용할 수 있는 것이지만 지금 천왕은 난생 처음으로 느껴보는 색다른 경험에 비명을 지르고 있었다.

체통도 잊은 채 천왕은 침을 질질 흘리며 바닥을 기며 지후에게서 도망치고 있었다.

지후는 그런 천왕의 뒤통수를 진각으로 강하게 짓밟았다.

콰직!

천왕의 머리가 바닥으로 처박히며 돌무더기가 튀어 올랐지만 지후는 눈 하나 깜짝하지 않았다.

그러곤 천왕의 하얀 날개를 잡았다.

천왕은 자신의 날개에서 느껴지는 손길에 경악했다.

설마 하고 생각하는 순간 지후는 실천으로 옮겨버렸다.

지후는 천근추를 시전하며 천왕의 양 날개를 잡아 뜯었다.

푸악!

천왕의 날개가 뽑힌 자리에선 분수가 터지듯이 피분수가 터져 나왔다.

"끄아아아악!"

천왕의 찢어지는 듯한 비명이 울려 퍼졌지만 지후는 무심했다.

"내가 아까 약속을 했거든. 네 날개를 붉게 염색시켜 주겠다고."

악마였다.

그동안 자신의 종족들이 불렸던 악마라는 타이틀이 진정한 악마 앞에서 너무나 초라해지고 있었다.

지후는 천왕을 사정없이 유린했다.

그에게 베풀 자비는 없었다.

여긴 차원전장이니까.

그리고 그는 이지제국 병사들의 몸으로 장난질을 했기에 명예를 지켜줄 가치조차 없었다.

지후는 천왕의 살점을 하나하나 뜯으며 해체해나갔다.

어느 순간부터 천왕은 꿈틀거릴 뿐 그 잘난 회복력을 발휘하지 못했다.

지후는 이성을 잃은 듯이 계속해서 천왕의 살점을 뜯어갔다.

마치 도축을 하며 해체하듯이 지후는 천왕의 몸을 해체하고 있었다.

그저 힘으로 뼈와 살을 집어 뜯으며.

어느 순간 천왕의 몸은 꿈틀거리고 있지 않았다.

그제야 지후는 주변을 둘러봤다.

주변엔 천왕의 살점들이 여기저기 떨어져 있었다.

잔인하다거나 심했다는 생각은 전혀 들지 않았다.

더욱 괴롭히지 못한 스스로가 약간 못났다는 생각이 들 뿐이었다.

너무 쉽게 빨리 끝냈다.

죽어서도 편히 쉬지 못한 병사들의 고통을 조금 더 느끼게 해줬어야 했는데 너무 일찍 죽여 버린 것이었다.

빛과 함께 사라지는 천왕.

그 순간 지후는 예전에 경험했던 기분 나쁜 느낌에 온몸의 털이 쭈뼛 서며 긴장을 할 수밖에 없었다.

지후는 자신의 의지와 상관없이 의식이 다른 공간으로 빨려 들어가는 것을 느꼈다.

저항하려고 하면 충분히 저항을 할 수는 있었지만 이미 한 번 경험해본 현상이었기에 담담히 받아들였다.

의식이 눈을 뜬 곳은 차원전장에 오기 전 만났던 가이아라는 신이 있는 신전이었다.

지후의 앞에는 이질적인 미모의 여인이 방긋 웃으며 손을 흔들고 있었다.

지후는 당장이라도 달려가 면상에 가래침을 퉤 뱉어버리고 싶었지만 간신히 억눌렀다.

"내 너를 다시 볼 줄이야. 다신 만날 일이 없을 거라 여겼거늘."

"그 빌어먹을 면상은 언제 봐도 짜증나는군."

"여전히 재미있는 인간이로구나."

"신인 나와 눈을 마주칠 수 있을 정도로 강해질 줄이야. 전혀 기대도 안했던 곳에서 복병이 터질 줄이야."

"잡설은 집어치우고 왜 나타난 건데?"

"여전히 그 입은 참으로 거칠구나. 왕이 되어서도 여전히 예의란 걸 모르고. 쯔쯧."

"네년한테 차릴 예의가 없는 거야."

"이놈! 건방지구나!"

가이아는 지후를 향해 기운을 뿌리며 압박했지만 지후는 덤덤히 받아내며 코웃음을 치고 있었다.

"어이 신 나부랭이. 마지막 전쟁을 앞둔 나와 싸워도 되는 거야? 그럼 나도 제대로 한판 해볼까?"

지후는 소울아머를 활성화 시키며 으스대고 있었고 그 모습에 가이아의 얼굴은 못 먹을 것 먹은 것 마냥 일그러지고 있었다.

"어떻게 알았지? 내가 널 공격할 수 없다는 걸?"

"그 정도 눈치는 있지. 모르는 게 이상한 거 아닌가? 이제 결실이 코앞인데 그런 종족의 수장을 죽인다? 다른 신들이 가만히 있을까? 이 엔딩만을 기다리고 있는 신들이 한둘이 아닐 텐데?"

"호호호. 예전보다도 더 영악해 진 것 같군."

"차원전장이 그런 곳이잖아. 아무튼 찾아온 이유나 말해."

"조금이나마 관계를 개선시켜볼까 했더니 여전히 까칠하구나."

"그럴 수밖에. 내가 이 빌어먹을 전쟁을 꿋꿋하게 한 이유 중 하나가 신이라는 네 년한테 빅 엿을 먹이는 거였으니까."

"안타깝게도 그건 불가능 하겠군. 이번이 마지막이다. 너와 나의 만남은. 내가 찾아온 이유를 말하도록 하지."

사실 만나려면 충분히 만날 수 있었지만 가이아는 다시는 지후를 만날 생각이 없었다.

자신의 위협할 수 있을 정도로 강해진 지후는 부담스러운 존재였기에.

물론 아직은 자신이 더 강하긴 하지만 예측 불가능한 속도로 강해지는 지후와 만나서 싸우고 싶은 마음은 없었다.

저자는 진심으로 자신에게 살심을 품고 있었기에.

그걸 못 느낄 정도로 어리숙하진 않았기에 가이아는 지후의 생명이 다하는 날까지 지후의 앞에 나타나지 않을 생각이었다.

"예전에도 말했지만 10승을 하는 순간 너는 선택할 수 있다. 지구로 돌아가 평화롭게 살지, 차원전장에서 끊임없는 전투 속에서 살아갈지."

"궁금한 게 있는데. 만약 내가 지구로 돌아가는 것을 선택한다면 모든 백성들이 지구로 함께 가는 건가?"

"그럴 리가. 그들은 이곳에 버려져 누군가의 노예가 될 테지. 그들은 지구인이 아니니까 지구로 갈 수 없다."

"그럼 이 곳에 남는다면?"

"종족을 막론하고 너의 백성들이 지구로 갈 수 있지. 그리고 의무적인 전투에서도 해방이고. 다만 너희들의 영토에 있는 자원을 지키기 위해 수많은 종족들과 싸우며 살아야겠지. 차원전장에서 전쟁을 하는 종족과, 10승을 하고도 돌아가지 않은 종족들과 끊임없이 싸워야겠지. 물론 이곳을 잃게 되면 적들도 지구로 갈 수 있고."

"……."

지후는 한참이나 말없이 고민에 잠겨있었다.

"천천히 생각하라고. 천천히. 어차피 너희가 마지막 전쟁에서 이겨야만 선택이 가능하니까."

'생각하고 말 것도 없이 답은 정해져 있어.

그동안 함께 싸운 병사들을 버리라고?

지구의 안정과 평화를 위해서?

어차피 지구는 차원전장의 자원이 없으면 더 이상은 유지가 불가능해.

스마트폰 쓰던 사람이 어떻게 삐삐를 쓰겠어.'

"그럼 난 이만 가도록 하지. 다시는 마주칠 일이 없을 테지만. 무운을 빌지."

"잠깐!"

"뭐지?"

"마지막으로 부탁하나만 들어주면 안 되겠나?"

지후의 간절한 모습에 가이아는 어지간한 부탁이라면 한 번쯤 들어주고 싶다는 생각이 들고 있었다.

"말해 보거리. 가능한 거라면 들어주지."

"어렵지 않아. 딱 한 대만 맞아라. 딱 한 대만!"

"미친 자식!"

가이아는 지후의 주먹에 모이는 기운을 보며 기겁을 하며 허겁지겁 사라졌다.

지후는 그 모습을 보며 입술을 씰룩이더니 어깨를 들썩이며 박장대소했다.

"푸하하하하하하."

한참이나 배를 잡고 웃던 지후는 현실로 깨어나는 의식을 느끼며 미소를 지었다.

"새끼 쫄기는."

때리진 못했지만 허겁지겁 도망간 신을 생각하며 소소하게나마 엿을 먹였다고 자위하며 지후는 눈을 떴다.

눈앞엔 함성을 지르며 기뻐하는 이지제국 병사들이 있었다.

이제 마지막 전쟁만이 남아있었다.

한 번의 승리만 더하면 자유를 얻을 수 있다.

한 데 어우러져 웃고 떠드는 병사들을 보며 지후는 미소를 지었다.

'너희를 어찌 버리겠니.'

이제는 눈빛만 봐도 알 수 있을 정도로 고난과 역경을 함께 겪고 이겨낸 전우들이었다.

서로가 서로의 등을 지켜줄 수 있는 믿음직한 존재들.

그런 전우들과 백성들을 버리고 지구인들만 평화롭게 살자고 지구로 도망간다?

지후가 살아있는 한 절대로 있을 수 없는 일이었다.

그런 비겁한 삶을 살고자 여기까지 온 것이 아니기에.

지후는 황제가 되며 모두를 지키겠다고 다짐했었고 종족이 다르지만 그들은 지후의 울타리 안에 들어온 당당한 이 지제국의 백성이었다.

이제와 그들을 버릴 마음도 없었고 이런 전우들과 함께라면 앞으로 있을 역경도 충분히 이겨낼 수 있다고 생각했기에 지후의 답은 너무나 쉽게 정해져 있었다.

46. 전야제

## 46. 전야제

아홉 번째 차원전쟁은 이지제국의 승리로 끝났지만 많은
상처가 남은 전쟁이었다.

많은 병사들과 군단장들이 죽은 처절한 전투였다.

병사들은 이지제국으로 돌아갔지만 이번만큼은 결코 축
제분위기가 아니었다.

북문 쪽에서 생활하던 백성들은 전쟁이 끝나고 돌아갈
보금자리를 잃은 상태였고 시체마저 건지지 못한 병사들의
가족들이 부지기수였기 때문이다.

힘들게 결승전까지 올라왔는데… 너무나 많은 병사들이
바라고 바라던 마지막 전쟁을 함께 할 수 없게 됐다.

마지막 전투만을 남겨두고 있기에 그 허무함과 허탈함은 더욱 컸다.

특히 전쟁터에서 돌아오지 못한 병사들의 가족들이 느끼는 체감은 더욱 심했다.

이제 조금만 참고 버티면 평화롭게 살 수 있었을 텐데, 뭐가 그리 급하다고 그 몇 달을 버티지 못하고 먼저 가버린 것인지… 돌아오지 못한 부모와 자식들을 기리며 많은 백성들이 슬퍼하고 있었다.

이제는 마지막을 남겨두고 있기에 다들 승리의 기쁨을 만끽하기보다는 경건한 마음으로 마지막을 준비하고 있었다.

축하는 마지막 전쟁이 끝나고 해도 늦지 않기에.

돌아올 가족이나 지인이 있는 자들은 모두 자신의 가족과 지인이 전쟁에서 승리하고 살아 돌아오기를 바라며 경건한 마음으로 마지막 전쟁에서 승리하기만을 기도하며 기다릴 뿐이었다.

전쟁터에서의 피로도 각자의 신념이나 슬픔도 모두 뒤로한 채 이지제국의 백성들은 하나 된 마음으로 기도하고 또 기도했다.

마지막 전투에서 꼭 승리하기를.

아버지가, 자식이, 사랑하는 남편이 꼭 돌아오기를.

전쟁에 나서지 않는 백성들은 기도하고 또 기도했다.

전쟁에 나서는 병사들은 꼭 살아서 가족의 품으로 돌아갈 수 있기를 빌고 또 빌었다.

◇

지후는 병사들에게 휴가를 줬지만 병사들은 휴가기간에도 누구하나 훈련을 게을리 하지 않았다.

지금 흘리는 땀이, 지금 휘두르는 검이 피가 되고 살이 되어 마지막 전투에서 자신을 지켜줄 수 있을 테니까.

자신을 지킬 힘이 있어야 전우들의 뒤를 받치고 도울 수 있기에, 짐이 되지 않기 위해 휴가기간에도 이지제국의 병사들은 개인훈련에 몰두했다.

마지막 전쟁을 앞두고 있어서 일까?

지후는 평소보다도 훨씬 강도 높고 혹독한 훈련으로 병사들을 훈련시키고 있었지만 병사들은 군말 없이 잘 따라오고 있었다.

병사들의 훈련은 며칠 지나지 않았지만 괄목할만한 성장을 보이고 있었다.

그동안 수많은 죽음의 위기를 넘기며 사선을 넘나들었던 것이 도움이 된 것인지 병사들은 예리한 칼날처럼 날카로운 감각을 뽐내며 연일 실력이 늘어갔다.

진작 저랬으면 좋지 않았을까 싶을 정도로 병사들은

마지막 전투를 앞두고 나날이 실력이 일취월장하고 있었다.

모두가 진지하게 훈련에 임하고 있을 때 그렇지 않은 인간도 하나가 있었다.

그건 바로 월슨이었다.

월슨은 여전히 철이 없었고 병사들에게 지후를 흉보며 실없는 농담 따먹기를 하곤 했다.

지후도 그런 월슨의 행동이 긴장감으로 굳어지는 병사들의 긴장을 풀어주는 데 도움이 되고 있다는 것을 알기에 어느 정도 모른 척 넘어가 주는 감도 없지 않았다.

하지만 그것도 어느 정도의 선이라는 게 있었다.

그리고 그 선이란 건 대상에 따라 달라지곤 하는 법이다.

월슨은 지후가 마지막 전쟁을 앞두고 자신을 신경 쓸 겨를이 없다는 생각에 아주 막나가고 있었다.

월슨의 머릿속에 마지막 전투에 대한 긴장감 따위는 없었다.

분명 지후와 이지제국이 승리할 것이라 믿어 의심치 않았다.

그동안 그래왔고 이번에도 그럴 거니까.

월슨은 군단장들이 모여 있는 곳에서도 지후의 욕을 하기 시작했다.

"막말로 그 인간이 강하긴 해. 잘 치긴 확실히 잘 치지."

윌슨은 군단장들이 모인 자리에서도 지후를 뒷담마를 까
며 지후를 욕하고 있었다.

몇몇 군단장들이 발끈하며 윌슨에게 그만하라고 말을 하
려 했지만 윌슨이 지후의 가족이란 사실과 지후가 알면서
도 어느 정도 모르는 척 넘어가 주고 있다는 사실을 알고
있기에 꾹 참고 듣고 있었다.

"근데 그거 다 소울아머랑 아이템 빨이야. 그거 없으면
형님도 완전 허수아비야 허수아비."

윌슨은 신이 나서 말을 하고 있었고 점점 해서는 안 될
말까지 하고 있었다.

"솔직히 까놓고 말해서 지가 우리처럼 구르면서 훈련한
다고 생각해봐. 완전 좆같을 걸? 꼴에 황제라고 시키기만
하니까 그게 얼마나 힘든지를 모르지. 한번이라도 해봤으
면 그렇게는 못 굴리지."

듣고 있던 군단장들의 머릿속엔 윌슨이 선을 넘었다는
생각이었다.

듣고 있는 것만으로도 뭔가 불경을 저지르고 있는 것만
같은 불길한 기분에 당장이라도 이 자리를 뜨고 싶어 옴짝
달싹하며 엉덩이를 꿈틀거렸다.

"아마 형이 소울아머 안 입고 아이템 안 하고 싸우면 우
리한테 뒈지게 맞을 걸?"

딱히 윌슨의 말에 누구도 맞장구를 쳐주고 있지는 않았

지만 어수선했던 분위기가 갑작스럽게 조용해지자 윌슨은 불길한 느낌을 받았다.

그때 윌슨은 자신의 어깨에 느껴지는 익숙한 손길에 몸이 덜덜 떨려오며 순식간에 안색이 창백해 졌다.

자신이 생각해도 좀 심했다.

아니, 많이 심했다.

아무리 장난이라지만 황제를 상대로 자신이 너무 지나쳤다.

지후는 윌슨의 어깨에 손을 올리고 군단장들과 윌슨을 번갈아 바라보며 씨익 웃고 있었다.

'형이 이번엔 꼭 네 주둥이에 음소거 기능을 만들어 줄게.'

지후는 윌슨에겐 말하지 않았지만 그동안 자신의 욕을 하고 다닌 게 있으니 이번 기회에 제대로 혼쭐을 내줄 생각이었다.

그동안 군단장들 중엔 자신과 한번쯤 대결을 해보고 싶어 하는 군단장들이 있다는 사실을 알고 있었다.

자신을 싫어해서가 아닌 강자와의 순수한 대결을 원하고 있는 것이라는 걸 알고 있었다.

전쟁이 끝나고 그런 자리를 마련할 계획이었지만 사람일은 언제 어떻게 될지 누구도 모르는 법이기에 지후는 마지막 전쟁을 하기 전 그런 자리를 마련할 생각이었다.

뭐 본의 아니게 윌슨이 멍석을 깔았으니 이 기회를 살리면 될 것 같았다.

자신과 대결을 원하던 자가 전투에서 죽을 수도 있고 자신이 죽을 수도 있었기에 지후는 오늘 이 자리를 빌려 자신과 대결을 원하고 있는 모두와 한바탕 진하게 주먹을 나눠 볼 생각이었다.

"다들 너무들 하네. 아니라고 말하는 것들이 하나가 없어. 설마 다들 윌슨의 말이 맞다고 생각하는 거야? 그동안 그렇게 생각했던 거야? 응?!"

"아 아닙니다."

몇몇 군단장들이 다급하게 변명했지만 지후는 자신을 향해 호기심 가득한 눈빛으로 바라보고 있는 시선들도 있다는 사실을 느꼈다.

"좋아. 그렇다면 난 황제로서 너희들의 불신을 해소해주지."

"불신이라뇨. 당치 않습니다. 폐하."

"난 아이템과 소울아머 그 어떤 것도 사용하지 않도록 하지."

지후는 말을 하며 세이버 팔찌의 아공간에 소울아머를 집어넣고 팔찌를 벗어 뒤에 있는 폴에게 던졌다.

"폴. 잘 관수하고 있어."

"예 폐하."

"자~ 날이면 날마다 오는 게 아니야. 혹시 이게 마지막일지도 몰라. 나와 대결을 해보고 싶었던 군단장은 어서 나오라고."

몇몇 군단장들이 쭈뼛대며 움찔 했지만 먼저 일어날 용기가 없었다.

일찍 일어나는 새가 피곤하다는 말이 있다.

먼저 일어나봐야 힘이 넘치는 황제폐하에게 더 맞을 뿐이었고 그정도 머리들은 있었다.

"폴."

"예 폐하."

"신청접수 받아. 내일 모든 병사들의 훈련을 취소한다. 그리고 내일은 나와 대결을 원하는 모두와 대결을 펼치도록 하지. 대결 순서는 제비뽑기로 하자고."

"모두와 대결하신단 말입니까?"

"응. 어차피 지현이 누나가 치료하면 되니까 문제없어."

지후의 말에 군단장들은 지후가 상처를 입어도 다음 경기에 회복하고 싸울 수 있다는 착각을 하고 있었다.

지후는 군단장들의 안위를 걱정했던 것이었는데 말이다.

"오늘 밤까지 참가자 접수하라고 해. 군단장이 아니어도 상관없다고 공지하고. 내일은 병사들도 훈련을 쉬도록 하고 다들 구경이나 하라고 해. 강자의 대결을 보는 것도 공부니까."

"그렇게 준비하도록 하겠습니다."

몇몇 군단장들은 윌슨의 말에 혹시나 하는 호승심이 든 것도 사실이었다.

그리고 마지막 전투만을 남겨두고 있기에.

마지막 전투의 결과에 따라 영영 기회가 없을 수도 있기에 한번쯤 황제폐하와 대결을 해보고 싶다는 생각이 가슴 속에 있었던 것도 사실이다.

그동안 너무 혹독하게 굴렀기에 군단장들의 마음속엔 지후를 향한 존경과 믿음만큼 독기도 한가득 있었다.

그런데 지금 혹시나 천추의 한이 될지도 모를 일을 해소할 수 있는 상황이 벌어지고 있었다.

그것도 합당하게.

본인의 입으로 기회를 주겠다고 말하며 대회를 열겠다고 하고 있었다.

호승심을 느끼던 군단장들은 언제 다시 올지 모를 이 기회를 놓칠 생각이 눈곱만큼도 없었다.

쿵! 쿵! 쿵!

쿵쿵쿵쿵! 쿵쿵쿵쿵! 쿵쿵쿵 쿵 쿵쿵쿵쿵쿵!

와아아아아~~~~~~

북소리와 함께 휴식과 관람을 명받은 병사들의 함성소리가 이지제국 전역에 울려 퍼졌다.

직접 현장에 찾아와 보는 가족들도 많았고 집에서 여유롭게 TV를 통해 시청하는 사람들도 많았다.

지후와의 대결을 신청한 참가자는 120명이나 되었다.

지후는 대결이 펼쳐질 경기장의 한 가운데로 걸어 나오고 있었다.

와아아아아아~

엄청난 함성소리가 울려 퍼졌다.

지후가 한 손을 들자 소리는 단숨에 잦아들고 있었다.

"오늘 난 갑옷이나 아이템 같은 걸 일체 사용하지 않는다. 하지만 나와 대결할 상대들은 무엇이든 사용해도 좋아."

와아아아아아!

다시 한 번 함성이 터져 나왔고 지후가 손을 들어 제지하자 순식간에 조용해졌고 지후는 말을 이었다.

"오늘 이 축제의 자리가 어떻게 해서 이루어진 것인지 많은 군단장들이 알 것이라고 생각한다. 대부분 자리에 있었으니까.

우선은 이 축제를 기획할 아이디어를 제공한 월슨을 소개한다. 모두 박수로 월슨을 맞아주길 바란다."

월슨은 갑자기 지목되어 찜찜한 느낌을 가졌지만 나가지

않을 수가 없었다.

윌슨! 윌슨! 윌슨! 윌슨! 윌슨!

지켜보는 수많은 사람들의 입에서 자신의 이름이 불리고 있었기에 이 많은 사람들 앞에서 무슨 일이 있겠냐는 식으로 가볍게 생각하며 찝찝함을 털어버리고 기분 좋게 앞으로 나가며 분위기를 즐겼다.

윌슨은 더욱 많은 환호를 유도하며 손을 흔들며 박수를 유도했다.

한참동안 이어지던 환호는 윌슨이 지후의 앞에 서자 점점 줄어들었고 지후가 말을 할 수 있도록 조용해 졌다.

지후는 천천히 입을 열었다.

"내 생각엔 아무래도 첫 대결만큼은 오늘 이 축제의 장을 열수 있도록 아이디어를 제공하며 힘써준 윌슨이 해야 한다고 생각해. 기획자인 윌슨이 이 자리를 빛내준다면 오늘의 축제가 더욱 즐겁고 빛이 날거라고 생각하거든."

와아아아아아~~~~

지후의 말에 윌슨의 안색은 창백해졌고 다급한 손짓으로 괜찮다고 아니라고 좌우로 흔들었지만 지켜보던 사람들은 야속하게도 더욱 윌슨의 이름을 열창하며 환호했다.

윌슨! 윌슨! 윌슨!

피할 수 없으면 즐기라는 말이 있다.

윌슨은 피할 수 없기에 즐길 생각을 했지만 도무지 즐겁지 않았다.

예전에 지후가 했던 말이 떠올랐다.

피할 수 없어도 피해야만 한다.

피할 수 없는 일은 결코 즐길만한 일이 아니라던 말.

그 말들이 윌슨의 머릿속을 맴돌았다.

자신은 순간의 기분에 취해 황제가 어떤 사람인지 잊고
있었다.

절대로 나와선 안 됐는데 분위기에 취해 나와 버렸다.

또라이이자 미친놈.

윌슨이 할 말은 아니었지만 지후의 성격이 어떤지 알만
한 사람은 다 아는 사실이었다.

자신은 아마도 모두가 보는 앞에서 개 패듯이 맞게 될 것
이었다.

윌슨은 전 국민이 다 보는 앞에서 지후에게 두드려 맞았
다.

윌슨은 지후에게서 도망치느라 정신없이 바빴고 지후는
그런 윌슨을 잡아 족치느라 바빴다.

"형님! 너무 하시는 거 아닙니까!"

윌슨은 지후에게 발악하며 대들고 있었고 지후는 그런

윌슨의 모습에 아직 더 맞아야 한다는 생각이었다.

"아악! 그만 좀 때리세요! 아프다고요! 이 상처들 좀 보세요! 이러다 흉터 남겠어요!"

윌슨의 몸은 이미 피투성이였기에 윌슨이 하는 말은 틀리지 않았다.

"아프라고 때리는 거야. 그리고 상처는 금방 아물어."

"그러다 흉터라도 남으면요!?"

"훈장이지. 그리고 누나가 치료해 줄 거니까 흉터가 남을 거란 걱정일랑 안 해도 돼. 넌 그냥 아무런 걱정 없이 맞으면 돼!"

"야 임마!"

'오늘은 형이 네 입에 음소거 기능을 추가할 생각이거든!'

지후는 이미 피투성이가 된 윌슨을 피떡으로 뭉개버리고서야 주먹질을 멈췄다.

다행히도 지수가 윌터의 밥을 먹이느라 관중석에 있지 않았기에 지후는 정말 마음껏 윌슨을 구타했다.

어차피 지수가 돌아오기 전에 윌슨은 치료를 받고 말끔해져 있을 예정이었으니까.

윌슨이 피떡이 되어 의식을 잃은 채로 병사들에 의해 실려 나가자 본격적으로 오늘의 축제가 시작됐다.

중간 중간 잡음이 없던 것은 아니었지만 행사는 그럭저럭 괜찮게 진행되고 있었다.

폴의 착각으로 인해서 엉망이 될 수도 있었지만 지후는 관중석에서 모두가 즐기고 있는 모습을 보며 폴의 실수를 잘 덮어주었다.

폴은 백팔나한을 한 사람의 이름으로 착각하고 접수 받았다.

워낙 많은 종족들이 살고 있었고 이름이 다양했기에 폴은 백팔나한이 한 사람이라고 착각했던 것이었다.

폴이 백팔나한을 부르자 백팔명의 나한들이 올라왔고 그 모습에 폴은 거품을 물고 쓰러질 뻔했다.

사회를 보던 폴의 안색이 하얗게 질리던 장면은 카메라에도 선명하게 잡혔는데 놀란 눈동자가 일품이었다.

다행히도 지후가 괜찮다며 백팔나한을 모두 상대하며 관중들의 열기에 제대로 불을 붙였다.

관중들이나 집에서 시청 중이던 시청자들이나 모두가 지후와 백팔나한의 대결에 열광하며 환호를 보냈다.

물론 숫자만 많았을 뿐.

지후의 손에 너무나 쉽게 쓰러졌다.

하지만 다수와 한명의 대결은 마치 블록버스터 영화를 보는 것처럼 전율을 일으키기 충분했다.

백팔나한과의 전투로 관중들의 열기는 열정적으로 타오르며 지후와 상대에게 엄청난 환호를 보내고 있었다.

엄청난 환호 속에 서른 번째 대결상대인 라이오스가 걸어 나오고 있었다.

한눈에 보기에도 좋아 보이는 휘황찬란한 갑주를 입은 라이오스는 금속음을 내며 지후의 앞에서 기세를 뿜어내며 고개를 숙이고 있었다.

한때는 엘라인 제국 최강의 검이라고 불렸었던 라이오스였다.

이지제국에 워낙 쟁쟁한 강자가 많아서 최강이란 타이틀을 사용할 수는 없었지만 지후에게 패한 뒤에 끊임없는 실전과 수련으로 한 단계 이상 성장한 라이오스였다.

라이오스는 등에 매고 있던 대검을 뽑으며 지후를 향해 겨눴다.

피슈웅~ 펑!

폭죽이 터지는 소리와 함께 지후와 라이오스의 대결이 시작됨을 알리고 있었다.

라이오스는 눈앞의 상대가 황제라고 해서 봐준다거나 살살해야 한다는 생각은 눈곱만큼도 없었다.

상대는 바로 이지제국 최강의 무력인 황제였다.

자신이 전력으로 덤빈다고 해도 옷깃조차 벨 수 있을지 장담할 수 없는 그런 상대가 바로 황제였다.

함께 전장을 누비며 진심으로 존경하게 된 바로 그 사내.

그런 사내와 이런 대결은 자신의 인생에 언제 또 찾아올지

알 수 없기에 오늘은 자신의 모든 걸 걸고 후회 없는 대결을
하고 싶었다.

"폐하. 먼저 공격하겠습니다."

라이오스의 말에 지후는 그저 끄덕일 뿐이었다.

라이오스는 지후의 허락이 떨어지자 바로 전력을 다해
달려와 검을 휘둘렀다.

쉬이익!

휘익!

엘프라는 종족과 전혀 어울리지 않을 법한 육중한 갑
옷을 입고 움직이는 라이오스의 움직임은 엄청나게 빨랐
다.

눈 깜짝할 사이에 지후의 앞에 도달해 대검을 휘두르는
모습에 모두가 환호를 멈추고 긴장한 채로 바라볼 뿐이었
다.

그 모습은 마치 탱크가 전진하는 것처럼 거침없는 모습
이었다.

라이오스의 대검이 지후를 향해 거침없이 휘둘러지고 있
었지만 지후는 천왕보를 펼치며 피해내고 있었다.

라이오스의 공격을 피하던 지후는 라이오스와 처음 만났
었던 그때를 떠올리고 있었다.

차원전장의 첫 전쟁이자 뭐가 뭔지 제대로 모르고 있던
그 시절.

차원전장에 처음 와서 했던 전쟁이 바로 엘라인 제국과의 전쟁이었기에 감회가 새로웠다.

당시엔 참으로 오만하고 자기들밖에 모르던 종족이 바로 엘라인 제국의 엘프들 이었는데 지금의 그들은 모든 일에 앞장서서 솔선수범하며 새로운 종족들이 이지제국에 합류할 때마다 도움의 손길을 건네고 있었다.

그랬기에 엘라인 제국의 엘프들은 지후에게 빠르게 용서받았고 당당한 이지제국인이 될 수 있었다.

지후는 달라져도 너무나 달라진 라이오스와 엘라인 엘프들의 모습을 생각하니 피식 피식 웃음이 나왔다.

물론 지금 지후를 가장 기쁘게 하는 건 그때와 확연히 달라진 라이오스의 무력이었다.

부하의 성장은 언제나 기쁜 법이었기에 지후는 라이오스에게 상을 줄 생각이었다.

윌슨이라면 기겁하며 거절할 상이지만 라이오스에겐 너무나 뜻깊은 상이었다.

지후는 라이오스를 진심으로 상대해 줄 생각이었다.

그런 마음을 먹고 라이오스를 바라보자 라이오스가 움찔했다.

하지만 라이오스는 기분 좋은 미소를 짓고 있었다.

갑작스레 바뀐 지후의 기세에 라이오스는 너무나 기분이 좋았다.

영광스러울 뿐이었다.

자신을 상대로 폐하가 기세를 바꿨기에, 자신을 인정해 줬다는 사실에 라이오스는 그동안의 노력이 보상받는 듯한 기분이었고 그런 폐하를 실망시킬 수 없었기에 더욱 더 전력을 다해서 대검을 휘둘렀다.

"흐아압!"

라이오스는 평소에는 내뱉지 않는 기합까지 내지르며 지후에게 전력으로 대검을 휘둘렀다.

우우웅~

공기를 가르는 엄청난 소리가 라이오스의 대검에서 들려오고 있었다.

지후는 고개를 까딱이며 피해냈지만 라이오스는 어느새 대검을 양손이 아닌 한손으로 쥐고 있었다.

대검을 쥐고 있지 않는 라이오스의 주먹이 지후의 몸에 드디어 닿았다.

물론 지후의 팔에 가로막혔지만 지후가 오늘 방어를 한 건 방금 라이오스의 공격이 처음이었다.

우와아아아아아아!

라이오스! 라이오스! 라이오스!

라이오스의 공격은 지후에게 막혔지만 숨죽인 채 바라보고 있던 관중들의 함성을 이끌어 내기에 충분했다.

지후는 라이오스 답지 않은 변칙공격에 흐뭇한 마음이

들었다.

정직한 공격이 문제였던 라이오스가 달라졌으니까.

그동안 경험했던 죽이지 않으면 죽어야 하는 숱한 전쟁들은 전쟁에서 살아 돌아온 모두에게 실력의 향상이라는 보상을 주고 있었다.

지후의 양 주먹에서 황금빛 아지랑이가 피어오르고 있었다.

아지랑이가 피어오르는 지후의 주먹은 본격적으로 라이오스의 대검을 상대하기 시작했다.

쾅!

펑!

라이오스는 검의 옆면을 이용해 지후의 주먹을 막아내고 있었지만 지후의 주먹이 대검과 충돌할 때마다 엄청난 충격파와 함께 뒤로 주르륵 밀려나고 있었다.

라이오스는 지후의 주먹을 막을 때마다 감탄하고 있었다.

그다지 힘을 주고 휘두르는 것도 아니건만 자신은 전력을 다해서 막아내고 있었다.

그것도 간신히.

막았지만 그 충격은 자신의 손을 타고 전신으로 고스란히 퍼져나갔다.

자신과 황제의 실력 차는 말 그대로 하늘과 땅 차이였다.

인정은 하지만 이대로 인정하고 대결을 끝낼 생각은 전혀 없었다.

검을 쥐지 못하고 자신이 일어서지 못할 때까지 대결을 계속할 생각이었다.

무언가 얻을 수 있을지도 모르고 아무것도 얻지 못할지도 모르지만 이런 기회는 언제 또 찾아올지 알 수 없었기에 자신의 기력을 모두 쓸 때까지 멈출 생각이 없었다.

지후는 라이오스의 대검에서 느껴지는 결연한 의지를 읽고 조금 더 과감하게 나갔다.

마음 같아선 라이오스를 계속 상대해 주고 싶었지만 아직 남은 참가자가 워낙 많았다.

그랬기에 지후는 더 이상 손에 사정을 두지 않았다.

쉬이익!

라이오스의 대검을 피하며 지후는 라이오스의 가슴팍까지 파고들었다.

퍼억!

파고 든 지후의 팔꿈치가 라이오스의 명치를 감싸고 있는 갑옷에 적중했다.

갑옷은 순식간에 찌그러졌고 그 충격은 갑옷의 안쪽까지 전해졌다.

"커억."

라이오스는 기침을 토해내면서도 이를 악물며 후들거리는

다리를 붙잡고 버텨냈다.

순간 라이오스의 얼굴에 지후의 무릎이 적중했다.

빠각!

지후의 니킥과 함께 라이오스의 머리가 하늘을 향해 들리고 있었다.

퍼억!

지후의 다리는 호선을 그리며 라이오스의 관자놀이를 가격했고 라이오스는 순식간에 허물어지며 의식을 잃은 채로 쓰러졌다.

지후는 자신을 만족시킨 라이오스에게 큰 부상을 입히고 싶은 마음도 없었고 아직 대결 상대들이 많이 남았기에 더는 시간을 끌 수가 없어 라이오스의 의식이 날아가도록 관자놀이에 하이킥을 먹인 것이었다.

의식을 잃지 않는 한 포기하지 않을 거란 것을 라이오스의 공격에서 느꼈기에 지후는 라이오스의 의식을 주저하지 않고 날려버렸다.

라이오스와 대결이 끝난 뒤부터 지후는 손에 사정을 두지 않고 대결 상대들을 빠르게 쓰러뜨려 나갔다.

웬만하면 저녁은 편하게 먹고 싶었기에 이 행사를 빨리 끝낼 생각으로 지후는 자신에게 도전한 도전자들을 빠르게 쓰러뜨렸다.

어느덧 이 행사에 출전한 도전자들의 숫자도 서른 명만

남아 있었다.

물론 남은 인원에 쟁쟁한 인물들이 많았기에 지후는 한숨이 나왔다.

상대하기 꺼림칙한 인물들이 꽤나 남아있었기에 지후는 속으로 한숨을 내쉴 수밖에 없었다.

저벅 저벅.

자신의 차례가 되어 지후의 앞으로 걸어 나오고 있는 사내가 있었다.

사내가 풍기는 기세는 예사롭지 않았다.

손을 뻗으면 베일것 같은 날카로운 느낌이 든달까?

그는 바로 질풍창이라고 불리는 무카스였다.

무카스는 창 하나만을 들고 지후에게 걸어오고 있었지만 그 모습은 예사롭지 않았다.

과거에 팬티 한 장만 걸치고 전장을 누비던 것과 달리 지금은 움직임을 방해하지 않을 가죽갑옷을 입고 있었다.

그동안 이지제국에 합류한 뒤 차원전장에서 무카스는 모두에게 인정받는 군단장으로서 용맹을 떨쳤다.

그는 이지제국에 합류할 때 지후에게 대놓고 도전을 했던 적이 있었다.

지후는 그의 부모님을 죽인 원수였으니까.

사실은 원수가 아닌 부모님에게 걸려있던 목줄을 끊고 자유를 준 은인이었지만.

하지만 부모님을 죽인 것은 사실이었기에 자신이 납득할 수 있도록 지후에게 도전을 했고 그 이후로 진심으로 지후를 존경하고 따랐다.

지후가 돌려준 부모님의 목걸이를 통해 얻은 힘을 전쟁터에서 실전을 통해 자신의 것으로 온전히 만들었다.

무카스는 스스로가 성장하고 강해졌다는 사실을 알고 있었다.

그렇다고 자신이 지후의 상대가 될 것이라는 상상은 하지 않았다.

다만 자신이 지후의 어디까지 닿을 수 있을지.

지후에게 무참히 패했을 때보다 자신이 얼마나 성장했을지.

그와 어느 정도 격차가 있을지 너무나 궁금했기에 두근거리는 떨림과 흥분감으로 예열하며 시작을 알리는 폭죽이 터지기만을 기다리고 있었다.

피유웅~ 펑!

시작을 알리는 폭죽이 터지자 엄청난 굉음이 터져 나왔다.

콰앙~

꽹음은 무카스가 서있었던 자리에서 나고 있었다.

꽹음과 함께 무카스가 디디고 있던 지면이 튀어 오르며 뒤편으로 파편들이 날아가고 있었다.

쉬이익~

탄환처럼 순식간에 쏘아져 날아온 무카스는 지후에게 창을 찔렀다.

좌아악~

섬광 같은 빠르기로 창을 찔렀지만 지후는 옆으로 한걸음 내딛으며 몸을 살짝 비틀어 어렵지 않게 피해내고 있었다.

찌르기를 피함과 동시에 무카스의 복부를 향해 지후의 주먹이 작렬했다.

빠악!

무카스는 빠르게 창을 회수하며 지후의 주먹을 막았고 지후의 주먹의 힘을 이용해 뒤로 점프하며 충격을 흘려보낸 뒤 거리를 벌리고 있었다.

물 흐르듯이 이어지는 무카스의 동작에 지후는 무카스의 본능에 의한 센스가 여전히 발군이란 생각이 들었다.

무카스는 지후를 향해 거리를 좁히며 쉴 새 없이 몸을 흔들었다.

무카스의 그런 움직임에 수많은 잔상이 주위를 물들였다.

변칙적인 움직임과 무수히 많은 잔상은 전쟁터에서 적들을 혼란스럽게 만들기 충분했지만 지후는 단숨에 파악할 수 있었다.

그들과 지후는 엄연히 격이 다르기 때문이다.

물론 무카스의 공격은 잔상에 의지하는 눈속임 공격이 아니었다.

잔상은 워낙 빠른 무카스의 움직임 때문에 생겼을 뿐, 무카스는 그걸 의도한 게 아니었다.

무카스의 공격의 핵심은 변칙적이고 야성적인 본능 자체의 움직임이었다.

마치 야생동물 같은 빠르고 날카로운 창술은 언제나 적을 섬멸했지만 오늘은 번번이 창끝이 빗나가고 있었다.

쉬이익~

무카스의 창은 상대가 황제인 지후라고 사정을 두지 않았다.

가공할 위력을 담고 있는 그 창은 지후의 급소를 사정없이 찔러왔다.

지후는 허리를 튕기며 가슴 배 얼굴을 찔러오는 창을 상체 위빙만으로 피해내고 있었다.

타악! 퍽!

지후에게도 무카스는 까다로운 상대였다.

무카스는 지후의 힘을 역이용 하거나 흘려보내며 충격을

최소화하고 있었기에 지후는 오늘 대결 상대 중에 무카스가 가장 만족스러운 상대라는 생각을 하고 있었다.

보법을 밟아 접근한 지후는 무카스에게 돌려차기를 날렸다.

무카스는 창대로 막으며 뒤로 주욱 밀려났다.

지후는 무카스의 그런 행동을 미리 예상하고 있었고 더욱 빠르게 움직이며 무카스에게 접근했다.

퍼엉~

펑!

가공할 파괴력을 담고 있는 지후의 주먹이 공기를 때리는 소리가 들리고 있었지만 무카스는 전혀 주눅 들지 않고 변함없는 움직임으로 회피하고 있었다.

지후는 무카스의 움직임이 자신에게 충분히 도움이 된다는 생각이 들었다.

'저렇게도 움직일 수 있구나' 이런 생각을 들게 하는 무카스의 움직임은 지후에게 뭔가 새로운 움직임을 떠올릴 수 있도록 해주고 있었다.

어느 정도 대결이 길어지자 지후는 무카스의 움직임을 멈출 방법을 찾을 수 있었다.

덤블링을 하며 요리조리 피하는 무카스의 움직임은 지후가 진각을 밟자 주춤할 수밖에 없었다.

어찌나 강하게 진각을 밟았는지 한참동안이나 땅은 지진이

난 듯이 흔들렸다.

무카스의 움직임에 약간의 제약이 생겼고 지후는 그 틈에 무카스를 향해 접근했다.

콰앙!

간신히 창대를 들어 지후의 주먹을 막았지만 흔들리는 지반 때문에 제대로 충격을 흘려낼 수가 없었다.

지후는 그 틈을 놓치지 않고 계속해서 무카스에게 주먹을 휘둘렀다.

빠악! 빠각! 퍽! 퍼억!

무카스는 뒷걸음질을 치며 지후의 주먹을 막아내고는 있었지만 더 이상 충격을 해소하진 못하고 있었고 결국 손아귀가 터지며 핏물이 뚝뚝 흐르고 있었다.

무카스는 자신이 예전에 지후에게 도전했던 현경의 경지를 뛰어 넘었지만 결과는 예전과 같았다.

무카스는 그런 지후를 바라보며 기분이 좋았다.

여전히 자신은 지후에게 상대가 되지 않았다.

조금은 격차를 줄였다고 생각했는데 격차는 전혀 줄어들지 않았다.

자신을 상대하기 전 수많은 대결을 치른 걸 감안하면 오히려 격차는 늘었다고 할 수 있었다.

무카스는 역시 자신의 부모님을 쓰러뜨린 지후는 차원이 다르다며 걷잡을 수 없을 정도로 존경심이 커져만 갔다.

존경어린 눈빛으로 지후를 바라보며 아직 어디에서도 사용해 본적이 없는 필살의 일격을 준비하고 있었다.

지후가 아니라면 누구에게 시험해 볼 수 있겠는가.

무카스는 전신의 기운을 창으로 모으고 있었다.

엄청난 기운이 창으로 모이자 창이 부르르 떨며 울부짖었고 무카스의 손아귀를 벗어나기 위해 몸부림치고 있었다.

무카스는 그런 창을 놓치지 않은 채 세속 기운을 모으고 있었다.

지후는 호기심이 들어 무카스를 지켜보고 있었다.

점점 커지는 기운에 지후의 이마가 꿈틀거렸다.

단숨에 경기장과 관중석을 쓸어버릴 만큼 커다란 기운이었다.

저 정도 기운을 자신이 피한다면 관중들은 죽음이었기에 지후의 이마가 내천 자를 그릴 수밖에 없었다.

그렇다고 막을 수도 없었다.

저런 공격을 막으면 자신도 막대한 피해를 감수할 수밖에 없었기에 이러지도 저러지도 못할 상황을 만든 자신의 호기심을 탓해야 했다.

아무래도 안 되겠다 싶어 지후가 발을 떼려 하자 무카스의 창이 지후를 향해 섬광같이 쏘아져 날아왔다.

엄청난 소용돌이를 일으키며 지후를 압박하며 날아오는

창에 지후는 미간을 찡그리며 기운을 모았다.

그리고 기운을 느끼며 타이밍을 쟀다.

수많은 실전을 통해 이런 상황에서 어떻게 해야 할지 지후는 본능적으로 느끼고 있었다.

찰나의 순간이었지만 무카스와 지후에겐 상당히 긴 시간처럼 느껴지는 순간이었다.

'천왕삼권 제 이식. 천지개벽!'

타이밍을 재던 지후는 무카스의 창이 지척으로 도달했을 때 발걸음을 움직이며 창의 머리 부분을 올려쳤다.

콰앙!

평소엔 땅을 쳤지만 오늘은 무카스의 창을 때렸고 무카스의 창은 지후의 천지개벽에 의해 하늘로 솟아 올랐다.

지후의 주먹과 부딪친 창의 머리는 순식간에 진공상태에 빠지며 회전력을 잃었고 지후를 향해 쏘아져 오던 그 힘은 하늘로 솟구치며 증발해 버렸다.

지후는 창이 하늘로 향하는 순간 무카스를 향해 경공을 펼쳤다.

순식간에 접근한 지후는 무카스가 몸을 추스르기 전에 공격을 시작했다.

지후의 주먹과 발이 무카스의 전신을 어루만지고 있었고 무식하리만치 엄청난 공격이 연속적으로 이어지자 무카스의 몸은 점점 허물어지고 있었다.

무카스 이후의 상대들과의 비무는 순조로웠다.

이제 열 명의 상대만을 남겨두고 있었는데 그 남은 열 명 중 지후에게 한숨을 나오게 하는 상대와 가장 기대를 하게 만드는 상대가 섞여 있었다.

한숨을 나오게 하는 상대는 검후였고 지후를 설레게 하는 상대는 혈마였다.

그리고 지금 이 순간 지후를 한숨짓게 만드는 검후가 지후를 향해 눈을 치켜뜬 채 걸어오고 있었다.

짙은 살기를 풍기며.

"할아버지… 아니죠. 이제. 폐하라고 불러 드려야 하나요?"

"……."

"전에 그러셨죠? 당신은 이지제국의 황제라고. 더 이상 권왕 할아버지가 아니라고."

잔뜩 날이 선 수연의 음성에 지후는 난색을 표했다.

정말 피할 수만 있다면 피하고 싶은 게 수연과의 대결이었다.

"저도 더 이상 할아버지라고 생각하지 않겠어요. 할아버지는 폐하의 말대로 돌아가셨으니까."

피우웅~ 펑!

슬픔과 분노가 공존하는 수연의 말투를 비웃듯이 폭죽은 요란하게도 터지며 대결의 시작을 알리고 있었다.

수연은 폭죽을 바라보며 허리에 차고 있던 검집에서 검을 뽑아 지후를 겨눴다.

"대체 왜⋯ 제가 왜 그리도 싫으신가요⋯? 아무리 폐하가 더 이상은 지환 할아버지가 아니더라도 한번쯤은 저를 찾아와 주실 거라 생각했어요. 그저 어린 날의 추억일 뿐이었는데 다 제 착각이고 잘못이었겠죠. 이해는 해요. 상식적으로 말이 안 되니까⋯! 그래도 그게 다가 아니잖아요! 추억이 있는데⋯ 물론 다 제 잘못이겠지만⋯."

"미안⋯."

"마음에도 없는 검의 길을 걷는다며 홀로 외롭게 보냈어요. 내 가슴속엔⋯ 그 어린 나이에 절대로 감당할 수 없는 남자를 가슴에 품었으니까. 그렇게 평생을 혼자 살았고 앞으로도 그럴 줄 알았어요."

"그럼 나도 하나만 묻자. 그때의 나와 지금의 나는 달라. 겉모습도 속마음도. 너와 나 사이에 남은 건 추억뿐이야. 그런데 지금의 나를 보고도 애틋한 마음을 느낀다고?"

"외모는 예전보다 지금이 훨씬 낫죠. 권왕보단 이지제국의 황제가 낫고요. 그리고 폐하는 누군가를 수십 년 동안 기다려본 적이 있으신가요?"

너도 여자구나. 아주 속물이네. 속물이 아니라 현명한 건가?

확실히⋯ 나 때문에 독수공방을 한건 미안하긴 한데⋯

그게 왜 내 책임이지?

내가 시킨 것도 아니고 난 알지도 못했는데.

"솔직하네 참. 그런데 내가 너에게 검의 길을 가라고 시켰어?"

지후는 정곡을 찌르고 있었다.

원래부터 지후는 여자라고 위하는 성격이 아니었다.

여자의 마음을 위하는 것보단 자신의 안위가 중요했다.

두 눈을 시퍼렇게 뜨고 있는 두 부인도 벅찬 마당에 셋은 정말 감당하기 힘들었으니까.

지금도 같은 질문을 하면서 다른 대답을 원하는 부인들에게 머리를 쥐어뜯으며 대답을 하고 있기에 한명을 더 늘린다는 것은 정말 자신이 없었다.

물론 수연과 더 대화를 지속하면 그 생각이 흔들릴 지도 몰랐다.

아니, 아마도 흔들릴 것이다.

그만큼 수연은 매력적이었고 아름다웠다.

그걸 알고 있기에 지후는 계속 수연을 피하고 지금도 모질게 말하고 있었다.

수연의 눈가엔 눈물이 그렁그렁 고이고 있었다.

눈물을 보이고 싶지는 않았기에 수연은 지후를 향해 검강을 미친 듯이 뿌리며 검을 휘둘렀다.

콰앙! 쾅! 콰아앙! 쾅쾅쾅!

오열과 절규.

땀인지 눈물인지 알 수 없는 것들로 수연의 얼굴은 범벅이 되어있었다.

수연은 멈추지 않고 공격을 난사 했다.

지후는 피하면서도 경기장 전체에 호신강기를 걸어 수연의 공격에 다치는 사람들이 없도록 조치했다.

수연은 지금 자신에 대한 분노와 응어리를 토해내는 거라고.

그렇기에 지후는 공격을 막아주는 것밖에 자신이 할 수 있는 게 없다고 생각했다.

한참동안이나 계속 된 공격에 호신강기 속 안의 경기장은 흙먼지로 인해 뿌옇게 변하고 있었다.

지후는 흙먼지 속에서 수연을 바라봤고 수연의 얼굴의 안색이 점점 변하고 있다는 사실을 뒤늦게 알게 되었다.

"빌어먹을⋯."

수연의 안색은 파랗게 질리고 있었다.

그 와중에도 수연은 멈추지 않고 검강을 계속 난사하고 있었다.

입가엔 각혈을 한 흔적이 역력했고 기혈은 잔뜩 뒤틀리고 있었다. 지금 수연은 선천지기까지 끌어 쓰며 자살을 시도 중이었다.

"이게 무슨 짓이야!"

단숨에 검강을 헤집고 수연에게 날아간 지후는 수연의 손목을 붙잡으며 수연의 검을 후려쳤다.

탕!

검은 저만치 날아가 바닥에 꽂혔지만 수연의 들끓는 기혈들은 이미 최악의 상태였다.

"폐하를 만나지 않았다면 좋았을 텐데요… 만나니까… 폐하가 다른 모습이라도 살아있다는 걸 알게 되니까… 욕심을 버릴 수가 없었어요… 폐하가 권왕이든 이지제국의 황제든 관계없었어요. 제 가슴속에 있는 사내는 당신이 유일했으니까. 당신의 영혼만이 내 심장을 설레게 했으니까. 조금이라도 제 세월을 보상받을 수 있을 거라 생각했는데… 아니라는 거 이제는 알아요. 모두 제 욕심이었단 걸 이젠 알아요…."

"이런… 미친! 그렇다고 이런 식으로 죽으려고 해!"

"모르면… 없으면 그런대로 살았겠지만 아니잖아요. 할아버지는… 폐하는 이렇게 살아있으니까… 그런데 어떻게 제가 살 수가 있겠어요. 내 눈앞에 있는데… 난 이미 기대를 하게 됐는데… 그래서 미치겠는데… 이런 제가 할 수 있는 건 죽어드리는 것 밖에 없어요."

이런 미련한….

"……."

사실 지후도 수연이 좋았다.

이렇게 열렬히… 전생에서도… 현생에서도… 죽은 자신을 기리며 홀로 살려고 했던 여인을 어떻게 싫어하겠는가?

셋을 감당할 자신이 없는 것도 사실이었지만 마지막 전쟁을 앞두고 있기에 혹시 자신이 잘못된다면 남게 될 사람들에 대한 불안과 걱정이었다.

고작 한 달 남짓으로 다가온 마지막 전쟁인데 자신이 잘못되기라도 한다면 아영과 소영과 다르게 수연은 얼마 함께하지도 못하고 슬픔 속에 살아야 할 것이기에.

자신이 죽자 검의 길을 걸으며 홀로 자신을 그리워하며 살아온 수연의 처절하고 외로웠던 삶을 남궁지학에게 들었기에 그녀를 받아들이기가 쉽지 않았다.

자신이 죽는다면 그 고통을 수연은 두 번이나 겪는 것이기에.

"이제 마지막 전쟁이 한 달밖에 안 남았어. 만약에 내가 잘못된다면? 넌 내가 죽는 걸 두 번이나 보게 되는 거야. 그 짓을 두 번이나 하고 싶어! 제발 정신 차리고 네 인생을 살아!"

"단 한 번이라도. 당신의 여자로 살아보고 싶어요. 전생의 당신과는 이루지 못했으니까. 지금이라도… 제발요… 제발 저에게도 기회를 주세요…."

그 순간 지후는 경기장 밖에 있는 두 부인과 눈이 마주쳤다.

아영과 소영은 지후를 향해 고개를 끄덕이고 있었다.

하지만 지후는 쉽사리 수연을 받아들이지 못하고 있었다.

"미안…."

"전 정말 안 되는 건가요…?"

"마지막… 마지막 전쟁에서 내가 살아 돌아온다면… 그때 시작해보자. 내가 돌아온다면 너보다 더 아끼고 사랑해줄게."

수연은 무언가 하고 싶은 말이 잔뜩 있었지만 결국 말하지 못하고 눈물을 흘리며 고개를 떨궜다.

불확실한 미래지만 그것만으로도 감사할 수 있었기 때문이다.

그동안은 그 어떤 희망조차 꿈꿀 수 없었으니까.

수연은 고개를 끄덕이며 지후가 보내는 내공을 받아들이며 들끓고 있는 기혈들을 잠재웠다.

수연에겐 반드시 전쟁에 승리해야 하는 이유가 생겼다.

전쟁의 승리만이 자신의 지긋지긋하게 외로웠던 검의 길을 탈피할 수 있는 길이었기에.

지후가 보내는 내공을 받아들이며 빠르게 내상을 치료했다.

어느 정도 응급치료가 끝나자 수연은 의료진에게 보내졌고 지후는 계속 대회를 진행했다.

드디어 마지막 대결만이 남아있었고 지후는 대결 상대를 바라보며 호승심을 느끼고 있었다.

실질적으로 이지제국에서 지후 다음으로 강한 자를 뽑으라면 지금 지후와 마지막 대결을 준비하고 있는 상대가 가장 강했다.

그는 혈교의 교주인 혈마였다.

지후가 무림에 있던 시절엔 혈교가 지금의 마교처럼 한참 재건을 하고 있었기에 혈교와의 마찰은 거의 없었다.

그렇지만 정파를 주 무대로 활동했던 지후에게 혈교라는 단체는 적에 가까웠다.

물론 지금에 와선 악감정 같은 건 없었다.

다만 자신을 위협할 수 있을 정도의 무력을 가진 혈마를 보자 무인으로서의 피가 끓어오를 뿐이었다.

지후와 혈마는 서로를 노려보며 기운을 개방하고 있었다.

아직 시작을 알리는 폭죽이 터지지 않았지만 경기장의 사방에는 황금빛 아지랑이와 붉은 아지랑이가 공간을 점하며 격렬히 서로를 밀어내고 있었다.

피유웅~ 펑! 퍼엉! 피슈웅~ 펑!

마지막 대결답게 폭죽은 그동안과는 다르게 요란하고 화려하게 터지고 있었다.

요란하고 화려한 폭죽에도 불구하고 경기장엔 숨 막히는 긴장감에 침묵이 흐르고 있었다.

그 긴장감은 관중석과 방송으로 시청중인 모두에게 고스란히 전달되었다.

모두가 손바닥 가득 땀을 흘리며 침묵한 채 두 사람을 바라보고 있었다.

고요한 경기장을 바라보는 관중들은 숨소리마저 조심스러웠다.

먼저 움직인 것은 혈마였다.

한 발을 떼는가 싶더니 어느새 지후의 코앞으로 날아와 핏빛 강기가 넘실거리는 검을 휘둘렀다.

황금빛 권강을 머금은 지후의 주먹이 혈강기를 가득 머금은 혈마의 검과 정면으로 충돌하고 있었다.

콰앙!

황금빛과 핏빛은 서로를 잡아먹을 듯이 으르렁 거리며 본격적인 힘겨루기에 들어갔다.

엄청난 충격파가 경기장 밖으로 퍼져 나갔지만 관중들에게 피해는 없었다.

지후는 혈마와의 대결을 기대하고 있었고 그동안의 대결과는 다를 거란 생각에 월로드에게 부탁해 관중들에게 피해가 없도록 군단장들이 실드를 펼치고 있도록 주문했다.

그랬기에 지후는 혈마와 아무런 걱정 없이 무력을 겨룰 수 있었다.

콰앙! 쾅! 쾅! 쾅! 쾅!

거듭된 충격파에도 둘은 아랑곳하지 않고 서로를 공격했다.

그 충격파를 막아내는 군단장들은 죽을 맛이었다.

상상이상으로 충격파의 위력이 거셌다.

그들은 가까운 곳에서 둘의 전투를 관람할 것이라며 기쁘게 생각했지만 그 둘의 움직임은 눈으로 쫓기 힘들 정도로 빨랐고 둘의 격돌에서 발생하는 충격파를 막는 것만으로도 벅찼다.

지후야 원래 강한 걸 알고 있었지만 지금 지후와 대결을 하고 있는 상대의 실력이 자신들보다 뛰어나다는 사실에 놀라움을 감추기 힘들었다.

그는 군단장도 아니었기에.

군단장 정도 되는 무력이라면 황제와 대결을 펼치는 자가 그 누구보다 강한 무력을 가지고 있다는 사실을 어렵지 않게 알 수 있었다.

갑자기 튀어나온 강자를 인정하고 싶지는 않았지만 지금 지후와 대결을 펼치는 모습을 보아하니 차마 인정을 하지 않을 수가 없었다.

오늘 그 누구도 황제와 저토록 치열하게 싸운 자가 없었고, 황제에게 저 정도로 압박을 가한 자도 없었기 때문이다.

황제와 혈마의 격돌이 계속 될수록 경기장은 난장판이 되어가고 있었다.

아니, 더 이상은 그곳을 경기장이라 부를 수 없었다.

둘의 격돌에 경기장은 이미 다 부서지고 땅은 몇 번이나 갈아엎어지고 있었다.

하지만 둘은 그런 사소한 것에 신경 쓰지 않았다.

황제와 혈마의 몸에는 선혈이 낭자되어 있었지만 둘의 표정은 너무나 밝았다.

호적수를 만났다는 생각이었다.

공격을 나누면 나눌수록 둘은 서로에게 끌렸다.

지후는 원래 친구가 거의 없었고 혈마는 무너진 혈교를 일으켜 세우기 위해 친구를 만들 시간이 없었다.

전력을 다해도 되는 상대를 만나는 건 둘에겐 결코 쉬운 일이 아니었다.

지후와 혈마는 서로에게 전력을 다해도 되는 상대였고

둘은 오랜만에 진짜 무인으로 돌아가 진심으로 비무를 즐기고 있었다.

지후에겐 혈마라는 친우가, 혈마에겐 지후라는 친우가, 무인으로도 전력을 다해도 괜찮을 호적수가 생겼기에 이번 행사를 통해 둘은 서로에게 괜찮은 친구가 되고 있었다.

파앗! 꽉! 빠각! 퍽! 퍼억!

쉬이익~ 쉭~ 휘이익 획 휘익~

혈마의 검과 지후의 주먹은 오랜만에 만난 호적수를 바라보며 쉬지 않고 움직였다.

강자는 차원전장에서 충분히 만날 수 있었지만 지금은 경우가 달랐다.

그들과는 비무가 아니다.

죽지 않으려면 죽여야만 하는 생존을 명제로 한 싸움이었다.

차원전장은 경험하기 위한 곳이 아니라 증명하는 곳이었으니까. 그 증명은 오직 생존뿐이었기에 지금처럼 상대를 통해 자신을 돌아보고 연습하며 경험을 쌓을 수 있는 곳이 아니었다.

마지막 전쟁을 앞둔 시점에나마 두 사람이 만난 것은 서로에게 천운이었다.

한참 동안이나 둘은 공격을 주고받았고 해가 지고 어두워지고서야 둘의 대결은 끝이 났다.

결말은 약간 허무했다.

바로 혈마의 기권이었다.

혈마는 알고 있었다. 더는 무의미한 대결이라고.

황제는 자신보다 강했다.

황제를 처음 봤을 땐 자신과 비슷하다고 생각했지만 대결을 하면 할수록 자신보다 모든 면에서 자신보다 능숙하고 앞서고 있다는 사실을 알 수 있었다.

무의미하게 비무를 이어가는 것보난 오늘 비무를 통해 얻은 심득을 갈무리 하는 것이 중요하다는 생각이었다.

비무를 계속 이어간다고 해봐야 자신이 꼴사납게 바닥을 구르며 추태를 보이고 퇴장할 것이 뻔했다.

그것보단 자신 스스로 걸어 나가길 희망한 혈마는 유종의 미를 거두며 기권했다.

대회는 대 성공이었다.

마지막 전쟁을 앞두고 이지제국의 사기는 하늘 높은 줄 모르고 치솟고 있었다.

황제의 무력이 얼마나 강한지 다시 한 번 확인하는 계기가 됐기에.

마지막 전쟁에서 반드시 황제폐하가 이지제국에 승리를 가져와 모두에게 진정한 자유를 안겨줄 것이라 모두가 믿어 의심치 않았다.

지후는 행사가 끝난 다음 날부터 혈마를 불러 연무장에서 함께 훈련했다.

서로가 서로에게 얻는 것이 많았기에 둘은 너무나 잘 어울리고 있었다.

혈마는 누군가를 이끄는 군단장이 아니었기에 병사들이 하는 훈련에서만 빠지면 시간이 매우 많았다.

그 많은 시간을 혈마는 지후와 함께 보내기 시작했다.

둘은 오전부터 오후까지는 무공을 논하고 저녁엔 술을 곁들이며 때늦은 우정을 다졌다.

◇

마지막 전쟁.

바로 그 순간이 불과 한 시간 남짓으로 다가왔다.

아영과 소영은 전쟁이 한 시간 앞으로 다가왔음에도 무장을 하지 않고 있었다.

지후는 그런 아영과 소영을 바라보며 묘한 표정을 짓고 있었다.

"왜… 대체 왜 피임을 안 했어!"

아영과 소영은 결혼 후 꾸준히 했던 피임을 아홉 번째 차원전쟁이 끝난 뒤부터 하지 않았다.

"혹시라도 당신이 잘못되더라도… 우리가 노예가 되더라도 당신의 아이는 남아 있으니까.

우리는 당신이 남긴 흔적을 바라보며 살아갈 거야.

그런 희망이라도 없으면 당신 없는 세상에서 살아갈 자신이 없어."

"오빠가 꼭 살아 돌아와야 한다는 책임감을 가져야 하니까.

그래야 힘내서 승리하고 돌아올 것 같았어…"

"지후씨… 우리 아이들… 아빠 없는 아이로 만들진 않을 거죠?"

지후는 말문이 막혔다.

자신의 아이.

생각해보지 않았던 건 아니다.

지후도 세상에 자신의 2세를, 자신이 살다 갔다는 흔적을 남기고 싶었다.

사랑하는 두 사람과 닮은 자신의 자식을 누구보다 원하고 있었다.

하지만 자신이 세상에 없다면 그건 이지제국의 모든 종족이 노예가 됐다는 사실을 뜻했다.

자신의 아이들에게 그런 노예의 삶을 살게 하고 싶지 않았다.

그랬기에 지후는 아이를 갖는 걸 모든 전쟁이 끝난 뒤로 미루고 있었다.

자신이 좀 더 조심하거나 아영과 소영의 몸 상태를 체크

했어야 하는데.

마지막 전쟁을 앞두고 혈마와의 훈련에만 열중하느라 놓치고 말았다.

아영과 소영이 자신의 아이를 가졌다니.

너무나 기쁘지만 마냥 기뻐할 수가 없었다.

당장 아영과 소영을 안고 소리를 지르며 기뻐하고 싶었지만 미래를 생각하니 차마 그럴 수가 없었다.

마지막 차원전쟁은 그 어떤 전쟁보다도 치열할 테니까.

상대도 이지제국과 마찬가지로 마지막 전쟁이기에 모든 걸 걸 테니까.

지후의 심란한 마음을 눈치 챘는지 아영과 소영은 지후에게 안겨왔다.

"너무 걱정 말아요. 당신이 없어도 우리가 잘 키울 수 있어요."

"오빠… 아이가 보고 싶다면 꼭 이기고 돌아와. 안 돌아오면 우리가 아빠는 나쁜 사람이라고 바람나서 엄마를 버리고 먼저 떠났다고 나쁜 아빠로 만들어 버릴 거니까."

지후는 아영과 소영을 꼭 안아 주었다.

꼭 이기고 돌아와야 할 이유가 하나 더 늘어나고 있었다.

혹시 소영이 아이를 낳으면 무림에서의 자신의 딸과 같은 모습일까 상상하며.

지후는 한참동안이나 아영과 소영의 배를 쓰다듬으며 시간을 보낸 뒤에 전장을 향해 떠났다.

아영과 소영은 이지제국의 크나큰 전력이었지만 임신 초기였기에 안정이 중요해 전쟁에 참여하지 못했다.

참여한다고 해도 지후가 자신들을 신경 쓰느라 제대로 싸우지 못할 것이란 걸 두 사람은 짐작하고 있었기에 묵묵히 기도를 하며 기다리고 있겠다며 지후를 배웅했다.

아영과 소영은 전장을 향해 떠나는 지후의 뒷모습을 바라보며 터져 나오는 눈물을 멈출 수가 없었다.

오늘이 그의 뒷모습을 보는 마지막이 아닐까 불안해하며 안심이 되지 않았지만 아영과 소영은 두 손을 마주잡고 꼭 돌아와 달라고 간절히 기도했다.

47. 마지막 전쟁

## 47. 마지막 전쟁

　적들과 마주한 이지제국은 한숨을 내쉴 수밖에 없었다.

　쉬운 적이 없다는 사실을 알고는 있었지만 차원전장에서 반드시 피해야만 한다는 적을 마지막 전쟁에서 만날 줄이야.

　운이 없는 걸 떠나서 이건 거의 저주에 가까웠다.

　적들을 보자마자 병사들의 사기는 바닥까지 떨어졌다.

　모두 같은 심정이었을 것이다.

　희망을 갖기엔 적들이 너무 강했으니까.

　그동안 차원전장에 돌아다니던 소문이 적었던 이유는 그들을 직접 대면하자 쉽게 알 수 있었다.

그들은 크롤이라고 하는 종족이었는데 돌연변이였다.

오크+트롤+오우거.

이 셋의 장점이 결합된 돌연변이 종족이었는데 그들에겐 하나의 권능이 있었다.

뱀파이어나 좀비와 같은 권능이었다.

그들이 물면 어떤 종족이든 크롤 종족으로 변한다.

그랬기에 그들에겐 노예가 없었고 모두 하나의 종족으로 뭉쳐있었다.

크롤 종족들의 대부분이 터질 것 같은 근육질과 3미터에 육박하는 덩치를 가지고 있었다.

투쟁심.

재생력.

힘.

거기에 부족할 것 같은 지식까지 갖춘 그들은 차원전장에서 꼭 피해야 하는 적들로 악명이 높았다.

그들의 소문이 적은 이유는 쉽게 짐작할 수 있었다.

아마도 대부분 물려서 그들의 종족이 됐으리라.

적들을 마주한 이지제국의 병사들은 도무지 저들을 이길 방법을 찾을 수가 없었다.

그들의 재생력은 황제폐하의 누이인 보건부 장관이 펼치는 힐만큼이나 빨랐다.

몸은 어찌나 단단한지 상처를 입히기도 쉽지 않았는데

어쩌다 상처를 입히더라도 단숨에 상처를 회복하는 그들의 재생력은 한방에 숨통을 끊어놓지 않는 한 죽일 방법이 거의 없었다.

가장 큰 문제는 크롤족 하나에게 이지제국의 병사가 넷은 붙어야 상대해볼만 할 정도로 그들 하나하나가 강하다는 것이었다.

마치 어른과 아이의 싸움이랄까?

그 이상의 힘의 차이가 그들과 이지제국 병사들 사이에 존재했다.

그들은 전투와 파괴만을 위해 태어난 종족이었고 한 종족으로 뭉쳐있기에 단합도 잘 됐지만 그 수가 워낙 많았다.

무엇하나 뛰어나지 않은 게 없는 적들의 모습에 이지제국의 병사들은 사기가 꺾인 채로 위축되어 갔다.

그동안 훈련이 너무나 허무하게도 월등한 신체조건 앞에 무너지고 있었다.

그 어떤 적에게도 뚫리지 않던 이지제국의 굳건한 대열이 크롤 족에겐 너무나 쉽게 무너지며 뚫리고 있었다.

압도적인 전력 차이.

이 사실을 병사들은 알고 있었지만 납득한다고 해서 포기할 수도 없었다.

이게 마지막 전쟁이기에.

다시는 이런 기회가 없기에.

엄밀히 말해서 자신들은 노예였다.

이지제국에 와서는 전혀 노예로 살지는 않았지만.

오히려 전보다 나은 삶을 살고 있었지만.

이 전쟁에서 패한다면 자신들은 다시 노예가 되어 고기 방패가 될 것이었다.

자신들이 귀환하길 기도하고 있는 가족들에게 그런 모진 삶을 살게 하고 싶지 않았다.

그랬기에 병사들은 적들에게 물러서지 않았다.

자신들이 할 수 있는 걸 하고 있었다.

악을 쓰며 기합을 지르면서.

그렇게 검을 휘두르고 총을 쏘면서.

"죽여라!"

"어서 죽여!"

쓰러진 이지제국의 병사들을 짓밟으며 크롤이라고 불리는 몬스터들이 소리치고 있었다.

서걱.

힘껏 내지른 크롤의 검에 이지제국 병사 셋의 상체와 하체가 분리되며 바닥에 붉은 피를 적시고 있었다.

압도적인 힘.

그 우월한 신체능력의 압박은 이지제국 병사들을 빠르게 지치게 했다.

마지막 전쟁에 이런 압도적인 적들의 등장은 절망 그 자체였다.

기대가 크면 실망도 큰 법.

병사들은 크롤들에게 저항은 하고 있었지만 그건 마치 발악과 같았다.

각 종족들을 이끄는 군단장들조차도 크롤들의 무력에 점점 피해를 입고 있었다.

카일은 자신이 이끄는 군단의 병사들을 향해 이를 악물고 소리치며 다그쳤다.

"모두 정신 차려라! 마지막 전쟁이다! 나중에 노예가 되어 후회할 텐가? 죽어서 후회를 할 텐가? 오늘 우리가 있는 이 자리에 함께 하고 싶어도 함께 하지 못하는 전우들이 있다는 사실을 잊었나? 그들의 희생으로 우리가 살아있다는 자각은 없는 것이냐!"

카일은 노이안 덕에 자신이 살아남을 수 있다고 생각했기에 희생한 친구와 전우들의 몫까지 싸워야 한다는 생각이었다.

"이대로 포기할 생각이냐! 난 절대로 포기하지 않는다. 차원전장에 언제부터 쉬운 적이 있었다고 나약해지는 거지? 난 후회 없이 싸울 것이다. 내가 할 수 있는 모든 걸

하고 갈 것이다. 그래야 먼저 간 친구에게 미안하진 않겠지. 난 그동안 희생한 동료들의 죽음이 안타깝고 내가 흘린 땀이 아까워서라도 이렇게 쉽게 죽어줄 수 없다! 난 죽어서도 후회를 남기진 않을 것이다! 너희들은 죽어서야 왜 그때 내가 검을 한번이라도 더 휘두르지 못했을까 자책하며 후회할건가? 하늘에서 가족들이 노예가 된 모습을 보고서야 뒤늦은 후회를 할 거냐 말이다!"

카일은 병사들에게 분발을 촉구했고 카일이 이끄는 부대는 크롤들에게 달라붙기 시작했다.

"맞아!"

"난 이대로 죽을 수 없어!"

"이대로 가면 먼저 가있는 놈들이 우리를 왕따 시킬지도 몰라."

"욕이나 안하면 다행이지."

"아마 자기가 나대신 살아있었어야 했다고 쌍욕을 퍼붓겠지."

"절대로 혼자서 상대하지 마라! 혼자서 힘들면 여럿이서 하면 된다. 적은 우리와 차원이 다르다는 걸 인정해라! 우리보다 적은 월등이 강해. 하지만 놈들도 쓰러지고 있어. 그 사실은 적들도 죽는다는 거고 우리가 뭉치면 죽일 수 있다는 사실이지."

카일의 말과 함께 병사들의 눈에는 쓰러져 있는 크롤들의 시체가 들어왔고 병사들은 크롤 한 마리마다 네 명이상씩 붙으며 레이드를 벌이기 시작했다.

조금씩 병사들은 크롤들을 상대하는 법을 익히며 짓누르고 있던 중압감을 벗어내기 시작했다.

"빌어먹을…."

병사 하나가 분하다는 듯이 신음을 내뱉으며 바닥으로 허물어지고 있었다.

카일은 그 광경을 보며 이를 악물고 대검을 휘둘렀다.

하나둘 쓰러져 가는 크롤들.

하지만 이지제국의 병사는 그 이상으로 쓰러지고 있었다

시간이 흐를수록 크롤들의 엄청난 힘에 의해 누적된 피해가 커지고 있었다.

"적들은 지쳤다! 우수한 우리들이 차원전장을 제패하는 것이 머지않았다!"

크롤 전사의 한마디에 크롤 병사들은 포효하며 이지제국 병사들을 몰아 붙였다.

크롤 전사는 이지제국으로 따지자면 군단장 정도의 위치에 있는 자였고 카일이 병사들을 독려하듯 크롤 전사는 병사들을 재촉하며 이지제국을 몰아붙이라고 명령하고 있었다.

카일은 이를 악물며 방금 소리친 적을 노려봤다.

크롤 전사도 카일의 싸늘한 눈빛을 느꼈는지 지지 않고 카일을 노려봤다.

카일은 노려보던 크롤 전사를 향해 오러 블레이드를 휘둘렀다.

채앵!

카일의 오러 블레이드를 가득 머금은 대검이 크롤전사의 대검과 팽팽한 힘겨루기를 하고 있었다.

"크윽."

카일의 팔뚝은 터질 듯이 부풀어 올랐고 얼굴을 잔뜩 찡그리며 전력을 다하고 있다는 사실을 여지없이 보여주고 있었다.

카일의 대검을 막고 있던 크롤 전사의 팔뚝이 잠시 숨을 쉬듯 꿈틀하자 카일은 자신의 대검으로 엄청난 힘이 전해지는 것을 느꼈다.

카일은 재빨리 자신의 대검을 회수하며 크롤 전사의 힘을 이용해 튕겨져 나가며 거리를 벌렸다.

카일이 자신의 힘을 역이용했다는 사실을 눈치 챈 크롤 전사는 약이 올라 단숨에 카일에게 달려와 대검을 휘둘렀다.

퍼어엉~ 펑!

공기를 가르는 엄청난 소리가 카일을 향해 휘두르는 대검에서 들려오고 있었다.

그 엄청난 풍압에 전신의 털이 쭈뼛 서는 듯한 긴장감을 느끼며 카일은 크롤 전사의 공격을 피해내고 있었다.

카일은 번번이 크롤 전사의 공격을 피해냈고 그런 카일에게 약이 바싹 오른 크롤 전사는 분노하며 대검을 휘둘렀다.

보통 분노하면 공격이 단순해지거나 빈틈이 생기기 마련인데 크롤 전사는 분노할수록 공격이 날카롭고 매서워지고 있었다.

챙! 쾅!

카일은 크롤 전사의 대검을 막았지만 바닥을 몇 바퀴나 구르며 날아가고 있었다.

크롤 전사를 홀로 상대하던 카일의 몸은 상당히 지저분해져 있었다.

말끔했던 갑옷은 흙먼지를 뒤집어 쓴 채 곳곳이 움푹 파이고 찌그러져 있었다.

"크윽."

카일은 신음을 흘리면서도 대검을 휘둘렀다.

자신이 죽이진 못하더라도 저 놈을 상대할 다음 사람을 위해 최대한 괴롭히며 힘을 빼야한다는 생각이었기 때문이다.

그런 카일의 집요한 공격은 크롤 전사의 무한할 것 같은 체력을 상당히 떨어뜨려 놓고 있었다.

카일은 수단 방법을 가리지 않았다.

바닥을 구르거나 모래를 던지는 것을 서슴지 않고 행동으로 옮겼다.

치사하거나 창피하다거나 자신의 명예가 더럽혀지는 것은 아무런 문제가 되지 않았다.

자신은 목적은 저 무식하게 강한 놈을 최대한 괴롭히는 것이었으니까.

카일의 전신은 피로 범벅되어 있었고 그런 몸으로 바닥을 구르니 전신엔 흙이 덕지덕지 붙어 있었다.

그런 몸으로도 꿋꿋하게 전투를 했지만 이제는 그런 카일의 불굴의 의지로도 몸이 움직이지 않고 있었다.

카일은 자꾸만 감기려고 하는 자신의 눈꺼풀에 힘을 주며 파르르 떨리는 눈으로 적을 바라보고 있었다.

죽을 때 죽더라도 눈을 감고 죽음을 맞이하고 싶지는 않았다.

육체는 만신창이였고 움직이지도 않았지만 카일의 눈빛은 결코 죽지 않았다.

크롤 전사는 그런 카일의 눈빛이 마음에 들지 않는 다는 듯 포효하며 대검을 휘둘렀다.

카일도 이게 자신의 마지막이라고 생각했다.

그리고 그런 자신의 마지막을 하늘에서도 기억하겠다는 듯이 두 눈을 부릅뜨고 자신을 죽이려는 크롤 전사의 대검을 바라봤다.

그 순간.

타탕탕탕탕! 탕탕탕탕! 탕탕탕!

크롤 전사의 대검은 카일을 향하지 못했다.

엄청난 위력의 기관포가 크롤 전사의 몸을 노렸기에 크롤 전사는 대검으로 막으며 물러설 수밖에 없었다.

카일의 죽음을 막은 건 따까리의 기관포였다.

두두두두두두두!

쉬이익!

쿠우우우웅.

지축을 울리는 소리와 함께 탱크들이 전진하고 있었고 하늘에는 따까리와 함께 이지제국의 기갑부대가 자리하고 있었다.

죽음을 앞두고 있던 카일은 어리둥절하며 도움을 주러 온 부대들을 바라봤다.

저들도 이곳을 도울 여력이 없을 텐데.

어찌 이곳을 도우러 왔냐는 눈빛의 카일은 얼마가지 않아 어떻게 이곳을 도우러 온 것인지 알 수 있었다.

따까리의 머리 위에는 검은 갑주를 두르고 있는 황제폐하가 있었다.

아마도 황제가 여기저기 돌아다니며 또 하드캐리를 했으리라.

지후는 카일과 병사들을 바라보며 명령을 내리고 있었다.

"모두 성벽으로 돌아가 휴식을 취하라!"

지후의 명령에 병사들은 납득할 수 없다는 눈빛으로 우물쭈물 하고 있었다.

지후의 명령은 마치 전쟁은 포기했으니 너희라도 살아남으라는 느낌을 주고 있었기 때문이다.

"하지만… 폐하…."

"너희는 설마 내가 포기했다고 생각하는 것이냐? 난 절대로 포기하지 않는다. 어떻게든 싸우고 또 싸우고 죽이고 또 죽일 것이다. 그리고 승리할 것이다. 이제 후계를 보게 됐는데 자식들 모습도 보지 못하고 죽을 수야 없지. 그런 나쁜 부모가 될 생각은 추호도 없다."

지후의 말에 병사들은 황제가 드디어 아이를 가졌다는 사실을 알 수 있었다.

전시상황만 아니었다면 축제를 벌이며 축하를 했을 텐데.

상황이 아쉬웠지만 병사들은 황제의 기쁜 소식에 진심으로 기뻐하며 축하의 말을 건넸다.

"경하 드리옵니다. 폐하."

"그래. 그런 내가 죽음을 염두 할리가 없지 않으냐? 난 어떻게든 살아남을 것이다. 반드시 이 전쟁을 승리할 것이야. 내 아이들에게 노예의 삶을 물려줄 생각은 없거든. 그러니 너희들은 돌아가서 쉬어라. 이 전쟁은 하루 이틀 사이에 끝날 전쟁이 아니야."

병사들은 지후의 결연한 의지를 느낄 수 있었고 지후의 말이 어떤 의미인지 알 수 있었다.

병사들은 지후의 명령에 의해 카일을 들쳐 엎고 후퇴하고 있었고 지후는 병사들이 후퇴할 수 있도록 따까리와 기갑부대에게 적들의 폭격을 명령했다.

콰앙! 쾅! 쾅!

퍼어어어엉! 펑 펑!

엄청난 불길이 전장에 퍼졌다.

이 폭격이 이지제국의 반격의 신호탄이 될지.

아니면 저 불길이 이지제국을 덮칠지.

승리의 여신이 과연 어느 쪽에 손을 들어줄지는 누구도 알 수 없었다.

◇

콰앙! 쾅! 퍼어어엉!

일주일간 낮이고 밤이고 쉬지 않고 폭음소리가 전쟁터에 울려 퍼지고 있었다.

양쪽 진영의 한 가운데 지점에서 전장이 형성 되었고 양쪽 진영은 낮이고 밤이고 치열하게 전투를 벌이고 있었다.

크롤 족은 자신들의 압도적인 힘으로 이지제국을 손쉽게 상대할 수 있다고 생각했지만 그건 오산이었다.

이지제국은 자신들이 왜 마지막 전쟁까지 살아남았는지를 몸소 보여주고 있었다.

이지제국 병사들의 투혼은 전투의 종족이라는 크롤 족을 상대로 여전히 진영을 유지하는 것으로 충분히 증명하고 있었다.

물론 이지제국의 희생이 크롤 족들보다 몇 배는 많았지만 이지제국의 병사들은 꿋꿋이 버텨내고 있었다.

마지막이기에.

이번 전쟁만 승리하면 이 지긋지긋한 전쟁과 작별할 수 있기에.

그랬기에 이지제국의 병사들은 젖 먹던 힘까지 짜내며 검을 휘두르고 있었다.

계속된 전투에 이지제국 병사들의 상태는 크롤 족들보다 훨씬 좋지 않았다.

크롤 족들은 전투에 최적화된 종족답게 빠르게 회복했지만 이지제국 병사들은 아니었다.

물론 발전한 과학기술과 마도공학으로 제법 빠른 회복을 하고는 있었지만 크롤 종족들의 월등한 신체회복력만큼은 아니었다.

그래도 이렇게 밀리지 않고 있는 건 누구하나 포기를 하지 않고 있었기 때문이다.

가족들을 노예로 만들고 싶지 않다는 일념.

이지제국에서 계속 살고 싶다는 그 마음이 지친 병사들이 쓰러지지 않고 검을 쥐도록 만들고 있었다.

만약 지더라도 후회를 남기고 싶지는 않았다.

한번이라도 더 검을 휘두르는 것이 전쟁에서 얼마나 중요한지 알기에.

단 한번이라도 더 검을 휘두르기 위해 병사들은 피로한 몸을 쥐어짜고 있었다.

이지제국은 3교대로 전투를 치르고 있었고 지금은 수혁 부부와 윌슨이 힘겹게 막아내고 있었다.

원래는 윌로드도 함께 해야 했지만 윌로드는 어제 전투에서 염라대왕을 알현하고 돌아왔다.

물론 힐러들이 리타이어하면서 치료를 했기에 대부분 치료가 되었지만 오늘 전장엔 참가할 수 없었다.

지후나 윌슨을 포함해 모두가 윌로드의 참가를 반대했기 때문이다.

오늘만 전쟁을 하는 것이 아니기에.

정신적인 데미지가 남아있는 상태에서 귀중한 전력을 투입해 희생시킬 수는 없었다.

지후의 명령을 거절할 수 없던 윌로드는 보급을 도우러 갔지만 보급은 폴의 지휘하래 한 치의 오차도 없이 철저하게 진행되고 있었기에 윌로드는 결국 침대에서 그동안의 피로를 풀 수밖에 없었다.

월로드의 빈자리는 이지제국 최고의 창수인 무카스가 채우고 있었다.

월로드에겐 미안하지만 무카스와 무카스가 이끄는 군단이 합류하니 월로드의 빈자리는 1도 느껴지지 않았다.

무카스의 부대가 원래도 동급 이상의 출력을 자랑하는 변칙적인 부대였기 때문이었다.

이번 전쟁에서 가장 피로에 찌들어 있는 부대는 바로 기갑부대였다.

크롤 족은 단점이 하나 있었다.

자신들의 우월한 신체조건 때문인지 그동안 전쟁을 했던 다른 적들과는 다르게 과학 문명이 전혀 없었다.

그들은 원시적이고 마초적인 방법으로 싸웠다.

오직 대검만을 휘두르며 몸으로 싸웠다.

아마도 차원전장에서 지금의 이지제국이 가장 과학이나 마도공학이 발전한 곳일 것이었다.

그랬기에 로봇들과 전차나 탱크를 조종하는 계통의 병사들은 쉴 틈이 없었다.

하지만 자신들이 희망이 되고 있었기에 불평불만을 얘기하지 않고 전력을 다해 싸웠다.

그들도 알고 있었다.

직접 저 크롤들을 상대하며 싸우는 병사들이 느끼는 피로도와 압박감은 자신들이 상상하는 것 그 이상일 것이라고.

◆

"막아!"

지현의 외침에 윌슨이 우산을 펼치며 발을 헛디뎌 넘어져있는 수혁을 내리치려는 적의 대검을 막아섰다.

콰앙!

무릎이 땅까지 박힐 정도로 엄청난 내려찍기였지만 윌슨은 이를 악물고 막아내고 있었다.

어제 자신의 무모함으로 인해 자신의 형이 죽다 살아났기에 오늘은 혼자 미친 듯이 날뛰지 않고 있었다.

윌슨의 불의 우산은 주인을 땅으로 박아 넣은 크롤 병에게 화염을 뿜어내고 있었다.

엄청난 힘이었던 만큼 윌슨의 우산이 반사하며 뿜어내는 불길 또한 화끈했다.

크롤 병사는 우산에서 뿜어지는 불꽃에 당황하며 바로 몸을 피했다.

그 틈에 수혁은 빠르게 일어났고 땅속에 박힌 윌슨의 양쪽 겨드랑이를 잡은 뒤 힘껏 끄집어냈다.

"아…."

수혁은 자신의 젖어 있는 양 손을 바로 보며 찝찝함을 느꼈다.

당장이라도 손을 씻고 싶은 기분이었지만 그럴 정신은

없었다.

그저 윌슨의 겨터파크를 잠시 째려볼 뿐이었다.

젖어 있는 손 때문에 자신의 베틀엑스를 잡기가 꺼려졌지만 몰려드는 크롤들을 바라보며 빠르게 무기를 잡았다.

수혁은 이 모든 게 자신이 실수로 넘어졌기에 벌어진 일이라는 걸 알았기에 윌슨을 원망하진 않았다.

그저 짜증이 났을 뿐이다.

한 때 지구 최고의 미라클 길드의 길드마스터로 위명을 떨쳤었기에.

그런 자신이 이런 중요한 전투에서 발을 헛디뎌 바닥을 굴렀다는 사실에 스스로를 다잡으며 채찍질 할 뿐이었다.

쉬이익~ 쾅!

바람을 가르며 엄청난 풍압과 함께 대검은 땅을 뒤집어 놓고 있었다.

뒤집어지는 땅을 박차며 무카스는 창을 찔러 넣었다.

쉬이익~ 채앵!

크롤 전사의 대검이 무카스의 창을 막으며 불꽃이 튀고 있었다.

무카스는 창을 회수하며 몸을 살짝 띄우며 우측으로 한 바퀴 돌았다.

회전력과 함께 탄력을 받은 무카스의 창이 크롤 전사의

옆구리를 후려쳤다.

빠각!

그 순간 크롤 전사의 손이 무카스를 잡기 위해 뻗어졌지만 무카스는 특유의 변칙적인 움직임으로 어렵지 않게 손을 피해 크롤 전사의 품안으로 접근했다.

품안으로 파고든 무카스는 무릎에 자신의 체중을 실으며 크롤 전사의 복부를 걷어찼다.

"크윽."

그와 동시에 거리를 벌리며 무카스의 창은 크롤 전사의 무릎 뒤편과 발뒤꿈치를 한 번씩 훑고 지나갔다.

선혈과 함께 크롤 전사의 몸이 기우뚱하고 있었다.

무카스는 크롤 전사들이 상대적으로 방어가 취약한 하체를 집중적으로 노리며 전투를 쉽게 가져가는 스타일의 전투를 하고 있었다.

그 방식은 정답에 가까웠다.

대부분 이지제국의 병사들보다 덩치가 컸기에 그들의 시야엔 좀처럼 이지제국 병사들이 잡히지 않았다.

그들에게 무카스 같은 날렵하고 변칙적인 공격을 하는 적은 극악의 상성에 가까웠다.

무카스는 몸이 기울어지고 있는 크롤 전사의 미간을 향해 창에 회전을 주며 전력으로 찔렀다.

콰앙!

아쉽게도 무카스의 창은 크롤 전사의 머리를 스치며 피를 보기는 했지만 미간을 꿰뚫지는 못했다.

크롤 전사가 대검을 올려쳐 무카스의 창이 노리던 미간보다 위쪽을 지나쳤기 때문이다.

무카스는 당황하지 않고 바로 움직였다.

처음부터 무카스는 이 공격이 성공할 거라고 생각하지 않았기에 다음을 준비하고 있었다.

휘이익~

크롤 전사의 대검이 무카스의 상체와 하체를 양단할 기세로 휘둘러졌지만 무카스는 몸을 뒤로 누이며 슬라이딩을 하듯이 대검을 피하며 무카스의 가랑이 사이를 통과했다.

타악!

슬라이딩을 하던 무카스의 몸이 백덤블링을 하듯이 뜨고 있었다.

무카스의 창이 크롤 전사의 양쪽 발목에 걸렸기 때문이다.

하지만 무카스는 창에 전력으로 힘을 주며 잡아 당겼다.

크롤 전사의 무게도 있기에 무카스의 몸은 백 덤블링을 하듯 떠올랐고 크롤 전사의 몸은 양쪽 발목에 가해지는 힘에 의해 몸이 앞쪽으로 넘어지듯 기울고 있었다.

무카스는 창을 놓으며 백 덤블링 상태에서 크롤 전사의 등을 밟고 하늘로 점프했다.

무카스가 등을 밟자 크롤 전사는 완전히 앞으로 꼬꾸라지며 넘어지고 있었다.

무카스는 허리에 차고 있던 단창을 뽑았다.

촤아악.

오십 센치 정도의 단창은 어느새 이미터 정도로 길어져 있었다.

무카스는 공중에서 투창자세를 취한 뒤 전력을 다해 창을 집어 던졌다.

쇄애액!

공간을 가르며 날아간 무카스의 창은 무카스가 노리던 곳을 정확하게 꿰뚫고 있었다.

"끄아아아아악!"

크롤 전사는 비명을 지르며 몸부림을 쳤다.

무카스의 창이 관통한 곳은 크롤 전사의 항문이었다.

무카스는 거듭된 전투에서 크롤 전사의 전신을 다 찔러봤고 가장 재생이 느리고 반응이 화끈한 곳을 찾을 수 있었다.

그곳은 그들의 항문이었다.

그곳의 관통상은 다른 곳에 비해 재생이 느렸다.

그리고 그곳을 관통당한 크롤들은 분노하지 않았다.

눈이 돌아가 이성을 잃고 날뛰었다.

크롤들은 그동안 적들과 다르게 분노하면 할수록 공격이 거칠어지고 날카로워 졌다.

하지만 이성이 날아가면 그동안 상대하던 적들과 마찬가지로 빈틈이 생겼다.

무카스는 이성을 잃고 날뛰는 크롤 전사를 바라보며 하강했다.

허리에 있는 다른 단창을 빼어 펼친 무카스는 크롤 전사의 빈틈을 조준했다.

낙하의 충격과 무카스의 체중을 더한 단창은 단숨에 크롤 전사의 이마를 꿰뚫었다.

콰직!

야생의 감각으로 싸우는 무카스에겐 상대의 약점이 어느 위치에 있는지 따위는 중요하지 않았다.

어렸을 적부터 부모에게 살아남는 것이 강한 것이라고 교육받았기에 무카스의 공격은 거침없고 합리적이었다.

무카스가 전사 하나를 해치우는 장면을 세 사람이 목격하고 있었다.

수혁과 지현은 윌슨을 바라봤다.

수혁의 무기는 베틀엑스였기에 무카스와 같은 공격은 불가능 했다.

가장 합리적인 건 윌슨의 우산이었다.

윌슨은 자신을 바라보는 눈빛을 무시하며 크롤들에게 다가갔다.

이미 지후로 인해 전적이 있었다.

두 번 다시 자신의 무기로 그곳에 터널을 개통하고 싶지 않았다.

하지만 그런 바람은 얼마가지 않아 물거품이 되었다.

전투가 계속 되며 체력이 떨어진 윌슨은 결국 자신의 우산을 크롤들의 뒷문에 마구 쑤셔대기 시작했다.

역시 뭐든 처음이 어려운 거다.

왜 터널 개통식을 모두가 축하하는지, 지후가 왜 했는지 알 것 같았다.

손에 전해지는 찰진 손맛과 경악에 가득 찬 비명.

이성을 잃고 날뛰는 모습은 도저히 끊을 수 없는 마약과 같았고 윌슨은 오늘 전장의 스페셜리스트가 되어가고 있었다.

무카스도 놀랄 정도로 윌슨은 터널 개통의 달인이었다.

나중엔 무카스와 수혁이 윌슨의 속도를 따라가지 못할 정도로 윌슨의 찌르기는 정확하고 빨랐다.

거기다 찌를 때마다 그곳에선 불꽃이 터지니 지켜보는 입장에선 참 눈살이 찌푸려지는 광경이었다.

그곳에서 불꽃을 뿜으며 발광하는 꼴을 보며 전투에 집중하긴 힘들었으니까.

수혁 또한 윌슨에게 지지 않기 위해 바쁘게 움직였다.

자신이 가장 잘 하는 양념치기를 하고 있었다.

수혁 덕을 무카스와 윌슨이 톡톡히 보고 있는 것일 수도 있었다.

수혁이 들고 있는 그라비티 베틀엑스는 적의 움직임을 둔화시켰기에.

안 그래도 큰 덩치인 크롤들이 자신의 체중을 제곱으로 받으니 움직임이 둔해질 수밖에 없었다.

그럴 때마다 월슨의 우산은 크롤들에게 신세계를 열어주었고 무카스는 단숨에 적의 숨통을 끊어 놓았다.

지현은 상처 입은 병사들을 치료하며 전장 전역을 종횡무진 누볐다.

무카스, 지현, 수혁, 월슨.

이 넷은 오랜만에 이지제국에 압승을 선물하며 최강의 조합으로 떠오르기 시작했다.

그동안 합을 맞춰본 적이 없던 네 사람의 조화는 최고의 시너지를 보이며 처음으로 이지제국보다 크롤 족의 시체가 전장에 더 많이 쌓이도록 만들고 있었다.

소문은 빠르게 퍼졌다.

전날 벌어진 네 사람의 무용담은 이지제국 병사들의 떨어졌던 사기를 끌어올리기에 충분했다.

오늘 전투에 출진한 라이오스와 월로드, 그리고 지후 다음으로 강하다고 일컬어지는 남궁지학이 이끄는 무림인들은 전날보다 더욱 큰 전공을 세우기 위해 크롤들을 힘차게 공격하고 있었다.

크롤 족들이 강한 건 사실이지만 어제의 전투로 하나의

공략법이 나온 상태였기에 크롤 족을 공격하는 이지제국의 검은 매섭고 날카로웠다.

월로드와 라이오스는 크롤들에게 포위되어 있었다.

둘이 워낙 신이 나서 검을 휘두르다 적진 깊숙이 들어와 버렸기 때문이다.

하지만 서로의 등을 마주하곤 크롤들을 하나하나 쓰러뜨리고 있었다.

아마도 어제 나온 공략법이 아니었다면 크롤들에게 포위를 당했을 때 둘에게 희망은 없었을 것이다.

하지만 아무리 압도적인 신체능력이라도 치명적인 약점을 알게 되면 충분히 공략할 수 있었다.

라이오스와 월로드에게 있어서 크롤들은 더 이상 두려운 존재가 아니었다. 이제는 충분히 공략해볼 수 있는 상대였다.

쇄애액!

무시무시한 크롤들이 둘러싸고 있었지만 라이오스와 월로드는 당황하지 않고 더욱 빠르고 날카롭게 검을 휘둘렀다.

촤아악!

월로드가 적의 터널을 뚫으면 라이오스는 대검으로 마무리를 지었다.

월슨의 형답게 월로드의 터널 뚫기는 수준급이었다.

도대체 영국 왕실에 무슨 유전자가 흐르는지 참 잘도 개통시키는 월로드였다.

둘은 땀에 절어 있었지만 자신들의 공격이 먹히기에 힘든 것도 모르고 적들을 공격하고 있었다.

그동안 크롤 족에게 당했던 울분과 먼저 가버린 동료들의 희생을 생각하며 둘은 일말의 자비도 보이지 않고 찌르고 베었다.

크롤들의 비명과 울부짖음이 커져갈수록 이지제국의 병사들은 기분 좋은 노래를 듣는다는 듯이 더욱 힘을 내어 움직였다.

두두두두두두두.

덩치 큰 크롤들이 정신없이 비명을 지르며 뛰어다니는 모습은 장관이었다.

그 큰 덩치로 발버둥을 치듯 날뛰니 대지는 파도가 치듯이 요동쳤다.

하지만 그걸 불쌍히 여길 이지제국의 병사들이 아니었다.

그동안 저들에게 죽어간 전우들이 워낙 많았기에.

차원전장에서 자비는 사치였기에.

병사들은 죽이지 않으면 죽는 게 전쟁이라는 사실을 제대로 인지하고 있었기에 크롤들을 도륙하는 이지제국 병사들의 무기는 일말의 망설임도 없이 가차 없었다.

크롤들은 꽤나 지성이 뛰어난 종족이었다.

그들은 어제의 패전이 결코 우연이 아니라는 사실을 알 수 있었다.

무결점하다고 생각했던 자신들에게 약점이 있다는 사실은 큰 충격으로 다가왔다.

전투종족이기에 본인들의 육체에 대한 프라이드는 상상 이상으로 컸다.

그들은 자신들의 약점을 결코 약점이라고 인정할 수 없었다.

그걸 인정하면 완벽하다고 알고 있던 자신들의 완벽함이 퇴색되는 것 같았기에.

그들은 전투종족이었기에 약점을 극복하는 방법으로 더욱 거칠게 몰아붙이는 걸 택했다.

이지제국을 무너뜨리는 것으로.

그것이 자신들의 완벽함을 증명하는 것이라며 약점을 약점이라 인정하지 않고 더욱 거세게 몰아 붙였다.

하지만 그들의 뛰어난 전투본능은 전장에서 불협화음을 낳았다.

이지제국이 집요하게 공격하는.

자신들은 인정하지 않지만 적들이 집요하게 공격하는 그곳으로 공격이 향할 때면 그들은 몸을 움찔하면서 학을 떼며 방어했다.

공격이 전부였던 크롤들의 마음과 다르게 몸은 방어를 택하거나 회피를 택하고 있었다.

그런 크롤 병사들의 모습에 크롤 전사들은 분통을 터뜨리며 적극적인 공격을 강요했지만 그런 명령을 내리는 크롤 전사들조차 상황이 닥치면 병사들과 같은 모습을 보여 주었다.

이지제국의 군단장들은 당황하는 적들의 모습을 보며 병사들에게 더욱 더 그곳을 집요하게 공격하도록 명령했다.

그날 밤 병사들의 무기에서 나는 냄새 때문에 일제히 소독을 해야만 했지만 이지제국에는 조금씩 활로가 열리고 있었다.

남궁지학이 이끄는 무림인들의 공격은 가차 없었다.

다른 이지제국의 병사들과는 차원이 달랐다.

무림인들이 펼치는 검술의 초식은 그 어떤 종족의 검술보다도 뛰어났기에.

"한 놈도 놓치지 마라!"

남궁지학의 사자후가 모두의 귓가를 때리고 있었다.

"먼저 간 형제들의 원수를 갚을 시간이다!"

우와아아아아아!

무인들은 각자의 문파의 절기를 펼치며 크롤 족들을 도
륙하기 시작했다.

북해빙궁의 무인들은 어제 수혁이 했던 역할과 비슷한
역할을 하고 있었다.

전장 전역을 종횡무진하며 빙백신장으로 크롤들의 움직
임을 묶고 있었다.

빙백신장에 적중당한 크롤들은 느려지거나 움직이지 못
했고 날렵한 보법과 경쾌한 경공으로 무장한 무인들에게는
너무나 손쉬운 상대였다.

그동안 상대할 때 그토록 힘들었던 적이 약점 하나 밝혀
진 것만으로 너무나 손쉬운 적으로 바뀌고 있었다.

"끄아아아아악!"

"크아아아아악!"

"살려줘!"

크롤들의 비명은 무인들에게 그 어떤 연주곡보다도 황홀
하게 들리고 있었다.

그동안 자신들을 짓누르던 적들을 도륙하는 희열은 그
어떤 마약보다도 중독성이 짙었다.

크롤들은 하지 않던 회피동작을 하며 자신들의 약점을
방어했지만 경험과 초식으로 무장한 무인들의 검과 창은
자비 없는 터널 개통식을 성대하게 펼치고 있었다.

터널이 개통되어 눈이 뒤집힌 채로 이성이 날아간 크롤들은 무인들의 검강에 고개를 떨궈야 했다.

남궁지학은 유난히 시끄러운 우측의 전장을 바라봤다.

그곳에는 이구역의 미친년은 자신이라는 듯 미친 듯이 검강을 날리며 크롤들을 도륙하고 있는 히스테리의 결정체 검후 곽수연이 있었다.

남궁지학에게 그녀는 첫사랑이자 친구였다.

그리고 그녀의 가슴속에 누가 있는지 알고 있었기에 남궁지학은 어렸을 적 일찌감치 마음을 접고 다른 여인과 혼인을 했었다.

이미 죽은 사람을 가슴속에 품고 살아간 독한 년이 바로 검후였다.

그녀가 검의 길을 걸은 이유는 남궁지학만이 알고 있었기에 남궁지학은 그녀가 진정으로 무를 추구하는 무인이 아니라는 것을 알고 있었다.

저 무식한 검술과 압도적인 경지는 다 그리움의 결정체였으니까.

그의 생각이 날 때면 그녀가 검을 잡았다는 것을 알고 있었다.

얼마나 그리워했기에 저런 경지에 올랐을까 싶었지만 가슴 속에 한남자만을 품고 살아가는 친구가 안쓰럽고 불쌍하기도 했다.

그런 친구가 요즘 희망이란 걸 갖고 살았다.

그러다 최근 전쟁이 시작되고 크롤 종족을 보고 절망했었는데 지금은 정말 말 그대로 미친년처럼 날뛰고 있었다.

눈살이 찌푸려 질 정도로.

남궁지학은 고개를 절레절레 흔들며 눈앞의 크롤들에 집중했다.

자신이 걱정할 만큼 수연이 약한 친구도 아니었고 친구의 미친 꼴을 더는 보기가 싫었기 때문이다.

친구만 아니라면 눈길조차 주고 싶지 않았을 정도로 그녀의 모습은 광기가 넘쳐흘렀다.

"죽어라! 죽어!"

촤아악! 촤악!

"내 너희들을 도륙하고 도륙해 가슴속에 맺힌 이 한을 풀 것이다!"

푸욱!

검후는 크롤들에게 검강을 머금은 검을 찌르고 베면서 욕설을 내뱉고 있었다.

그럴 만도 한 게 너무나 압도적인 신체능력으로 이지제국 병사들을 도륙하는 모습에 자신의 핑크빛 미래가 어둠으로 물들었었기 때문이다.

희망이 절망이 되는 좌절 속에 살았던 며칠간의 시간은 지후를 가슴속에 품고 살았던 세월보다 길게 느껴졌다.

이 전쟁만 승리하면 자신도 그의 여자가 될 수 있었기에.

결승점 통과를 앞두고 실격처리가 되는 그 기분은 누구도 모를 것이다.

그리고 지금 자신에게 절망을 알려준 크롤들을 도륙하는 이 순간이 그녀는 너무나 행복했다.

다시 꿈을 꿀 수 있으니까.

결승점을 향해 달릴 수 있으니까.

약점을 발견한 무카스라는 군단장을 찾아가 자신의 선재산이라도 내어 주고 싶을 정도로 수연은 무카스에게 감사함을 느끼고 있었다.

수연은 기쁨을 만끽하며 누구보다 빠르게 크롤들을 찌르고 베었다.

크롤들의 피가 수연의 전신을 적시고 있었지만 수연은 아랑곳하지 않았다.

수연은 화산파의 절기인 신령백변으로 크롤들의 사이를 종횡무진 누볐다.

피에 절어있는 수연의 모습은 악귀가 따로 없었다.

그렇지만 그녀가 보여주는 장면은 보는 이로 하여금 너무나 어이없게 만들고 있었다.

수연의 검이 크롤들의 그곳을 찌를 때마다 그곳에선 매화 꽃잎이 쏟아졌고 그런 적을 베어버릴 때면 매화꽃잎이 휘날리며 짙은 매화 향을 흩뿌리며 피 냄새를 삼켜버리고 있었다.

매화 향과 피 냄새가 섞이자 향기도 냄새도 아닌 것이 그 곳으로는 아군의 접근조차도 불허하고 있었다.

반드시 죽이고 또 죽여서 그분에게 승리를 바치리라.

이 전쟁을 끝내고 손에서 검을 내려놓을 생각이었다.

이제는 더 이상은 검의 길을 걷고 싶지도 검을 잡고 싶지도 않았다.

그저 한 사람의 아내로, 한 남자의 여자로 살고 싶은 마음뿐이었다.

피에 물든 대지를 바라보며 미소를 짓고 있는 사내가 있었다.

그가 바라보는 대지는 적들의 피가 모이고 모여 강을 이루고 있었다.

강을 이루고 있는 핏물들이 그 사내에게 모여들고 있었다.

사내는 그 핏물들을 한곳으로 모으더니 손을 휘휘 내저었다.

한곳에 모인 핏물이 사내의 손짓과 함께 용트림을 하듯 피오름을 일으키며 하늘로 솟았다.

피의 회오리가 사라지자 그곳엔 무수히 많은 혈검이 하늘을 가득 매우고 있었다.

그는 바로 지후와 친구가 된 혈마였다.

혈마의 쫙 펴진 손바닥이 주먹을 쥐는 순간 하늘에 떠 있던 무수히 많은 혈검이 크롤들의 그곳을 향해 쏘아져 나갔다.

혈마는 크롤들의 약점을 발견하기 전에도 적들에게 전혀 밀리지 않았다.

아무렴 지후의 훈련파트너인 그가 크롤들의 왕도 아닌 크롤들에게 밀리겠는가.

혈마는 크롤들에게 결코 밀리지 않았지만 그들의 재생력엔 혀를 내두를 정도로 짜증이 났었던 것도 사실이었다.

하지만 그들을 어떻게 공략해야 할지 알게 된 지금은 그들은 혈마에게 더 이상 신경을 써야 할 적은 아니었다.

약점을 극복하거나 해결하지 않고선 그들은 결코 자신의 상대가 아니었으니까.

지금 이지제국은 적들을 상대로 전혀 밀리지 않고 있었고 압도하고 있었다.

그동안 보여주던 모습과는 정반대의 모습이었고 그런 이지제국의 공격은 전혀 멈출 기미가 없었다.

이지제국의 병사들은 적들을 놓치지 않고 도륙하고 있었다.

혈마는 그 모습을 보더니 홀로 적진으로 진군을 시작했다.

그동안 뚫리진 않았지만 확연히 밀리며 간신히 버티기만 했었기에 상당히 불쾌한 기분을 느끼고 있었다.

그랬기에 혈마는 오늘 그동안 쌓였던 스트레스를 약간이나마 풀 생각이었다.

혈마는 시체가 되어 바닥을 구르는 크롤들의 시체에서 피를 뽑아내어 한곳으로 모으고 있었다.

한곳으로 모이던 핏물들은 모여서 바다를 이루며 해일을 만들어 내고 있었다.

마치 서핑을 하며 파도를 타듯 피의 해일의 꼭대기엔 혈마가 뒷짐을 지고 적들이 있을 진영을 바라보고 있었다.

딱!

혈마가 손가락을 튕기자 피의 해일은 적들이 있을 곳을 향해 진군했다.

전방에 보이는 걸리적거리는 모든 것을 쓸어버리며 검붉은 해일은 적들의 진영을 강타했다.

피의 해일은 모든 걸 집어 삼켰다.

일주일간 이지제국을 지독히도 괴롭히던 크롤들이 모여 있던 진영이 순식간에 혈마가 일으킨 해일에 삼켜지며 흔적조차 남기지 않고 있었다.

혈마는 거기서 만족하지 않았다.

적들의 본진을 향해 해일을 움직이기 시작했다.

쏴아아아아아아아아.

쿠쿠쿠쿠쿠쿠쿵.

이상한 물소리와 함께 지진이라도 일어난 듯이 진동이 심해지고 있었다.

"저… 저게 뭐야!"

"어서 알려라!"

혈마가 일으킨 피의 해일은 어느새 크롤들의 본진에서도 육안으로 식별이 가능할 정도로 적들의 본진에 가까이 접근하고 있었다.

크롤들은 당황하며 그 사실을 알렸지만 그들이 방비를 하기도 전에 혈마가 일으킨 피의 해일은 적들의 본진에 도착했다.

혈마는 적들의 본진이 보이기 시작했을 때 자신이 일으킨 해일에 공력을 주입한 뒤 최대한 많은 적을 쓸어버리길 바라며 미련 없이 뒤를 돌아 이지제국을 향해 경공을 펼쳤다.

이만하면 쌓였던 스트레스는 풀렸다.

홀로 적들의 본진에 쳐들어갈 정도로 혈마는 바보가 아니었기에 그는 미련 없이 발걸음을 돌렸다.

전쟁은 오늘로 십일 째에 접어들었다.

이틀 전 혈마가 일으킨 해일은 적들에게 엄청난 피해를 안겨주었다.

그리고 적들은 엄청난 분노를 일으켰다.

자신들의 본진이 공격받을 거라곤 상상도 하지 못했으니까.

이지제국의 배는 될 법한 모든 크롤 족이 이지제국을 향해 진군했다.

그 어느 때보다 분노한 상태로.

종족특성이 그렇듯이 그들은 분노하자 더욱 강하고 날카로운 공격을 펼쳤다.

크롤들의 약점을 발견하기 전에는 적어도 4명이.

약점을 발견한 후에는 2명이 크롤 한 마리를 상대했건만.

이지제국보다도 많은 숫자와 분노로 무장한 크롤 족들은 자신들이 해일이 되어 이지제국을 단숨에 휩쓸었다.

이지제국은 2틀 동안 휴식도 취하지 못한 채 연일 패배와 후퇴를 거듭하고 있었다.

약점을 알고 있어도 노릴 수가 없었다.

분노로 무장한 그들의 신체능력은 압도적이었다.

거기에 병력의 숫자마저 압도하니 도무지 이지제국의 병사들이 막아낼 방법이 없었다.

그동안은 마치 봐주고 있었다는 듯이 분노한 그들의 공격은 매서웠다.

단숨에 병사들을 도륙하며 거침없이 전진하는 적들의 모습은 이지제국 병사들의 전의를 상실케 했다.

그들이 진군하자 대지는 쉴 새 없이 진동을 토해냈고 병사들은 그 진동에 익숙해질 틈도 없이 도륙당하고 있었다.

많은 병사들이 전의를 상실하고 포기했지만 포기하지 않은 자들도 많았다.

소중한 것이 많은 자들.

지킬 것이 많은 자들.

후회를 남기지 않으려는 자들.

앞으로도 이지제국에 살기를 원하는 자들.

그리고 분노와 자책을 않고 검을 든 자들.

모두가 저마다의 이유로 여전히 크롤들을 향해 검을 휘두르고 있었다.

자책을 하며 검을 휘두르는 자는 바로 혈마였다.

사방에 흩뿌려진 피들을 바라보며 혈마는 쉬지 않고 혈강기를 쏘아 보냈다.

자신의 공격으로 적들이 분노했기에.

모든 것이 자신의 치기로 인해 잘못된 것이 아닐까 싶어 혈마는 미친 듯이 공격하고 공격했다.

조금이나마 자책감을 덜 수 있도록.

혈마와 다르게 절망과 함께 분노의 일격을 날리는 이는 바로 검후 곽수연이었다.

약점을 찾고 좋아했다.

그렇게 다시 희망을 찾았건만 돌아온 것은 절망이었다.

수연은 달려오는 크롤들을 도륙하고 또 도륙했다.

수연의 전신은 크롤들의 피로 샤워를 한 것 마냥 붉게 물들어 있었다.

자신의 희망을 짓밟아 버린 크롤들을 향해 수연은 미친 듯이 검을 휘두를 수밖에 없었다.

할 수 있는 건 그것뿐이었으니까.

이 상태가 이어진다면 곧 이지제국은 패할 것이다.

이지제국이 패하는 건 그가 죽는다는 뜻이기에 수연은 자신이 그보다 먼저 떠날 생각이었다.

그곳에 먼저 가서 이 더러운 피를 닦아내고 마중할 생각이었다.

그랬기에 누구보다 처절하게.

누구보다 열심히 검을 휘두르는 수연이었다.

홀로 분전하며 처절하게 싸우는 수연의 모습에 전의를 상실했던 병사들도 몸을 움직이기 시작했다.

놓았던 검을 다시 잡으며 크롤들에게 검을 휘두르기 시작했다.

포기하면 편하다고 생각했지만 그녀의 모습을 보자 불편함이 마음과 몸을 지배했다.

이럴 시간에 어서 검을 들으라고.

한번이라도 더 휘두르라고.

'빌어먹을.

도망가야 하는데. 도망가야 히는데.

몸이 먼저 움직이고 있어.

이게 바로 훈련의 효과인가?

수많은 전장과 사선을 헤치고 살아남은 이지제국군은 마음과 다른 몸의 반응에 놀라고 있었다.

반복적인 훈련이 육체에 문신처럼 새겨 진걸까.

적의 공격을 당연하게 피하며 검을 찔러 넣는 것이 내가 맞나 싶은 이 기분은 대체 뭘까.

생각하는 것보다 먼저 몸이 반응하며 움직이고 있었다.

그저 배운 대로 습관대로 연습했던 대로 몸이 반응하고 있었다.

제대로 휴식조차 취하지 못하고 전투를 거듭했지만 승리하고 싶다는 병사들의 의지는 육체의 한계를 뛰어넘고 있었다.

"모두 후퇴하라! 모두 도망쳐! 어서!"

지후는 병사들을 향해 절규하듯 소리를 지르고 있었다.

10일간 거듭된 전투 속에 누구보다 열심히 싸운 지후였다.

힘든 상황 속에서도 결코 희망을 잃지 않았던 지후였지만 이제는 자신에게 패배의 그림자가 짙게 드리웠음을 눈치 채고 있었다.

"어서 도망가라! 명령이다! 어서 가족들의 곁으로 가란 말이다! 나는 패배했다. 개똥밭에 굴러도 이승이 좋다고 했어. 그러니 노예로 살더라도… 살아라…."

죽는 것보단 노예로라도 사는 것이 낫다는 생각이 든 지후는 병사들과 군단장들에게 도망치라고 후퇴하라며 처절하게 소리를 지르고 있었다.

노예가 되더라도 살아남으라는 황제의 절규어린 비명소리.

하지만 병사들은 누구하나 물러나지 않았다.

저 어린 황제를.

저 철없는 황제를.

싸움밖에 할 줄 모르고 막 사는 듯 보이지만.

언제나 제일 앞에서 자신들을 지키기 위해 싸우는 믿음

직한 황제를 도저히 버릴 수가 없었다.

그게 아무리 황명이라도.

이렇게 된 거 황명을 어기고 죽나 적들의 대검에 죽나 마찬가지였다.

노예라도 살아남으라고?

글쎄.

기다리고 있을 가족들에겐 미안하지만 이 자리에서 죽더라도 후회를 남기고 싶지는 않았다.

여기까지 올 수 있었던 것도 저 어린 황제 덕분이라는 걸.

자신들이 노예의 굴레를 벗고 잠시나마 자유와 행복을 즐길 수 있었던 것도 다 저 어린 황제 덕이라는 걸 알고 있었기에 도저히 홀로 남겨두고 떠나고 싶지 않았다.

황제가 없었다면 절대로 여기까지 올 수 없었을 것이다.

황제 덕에 삶이 얼마나 소중한지 알 수 있었고 정말 열심히 살아봤다.

그는 진정으로 소중한 게 무엇인지도 알게 해줬고.

사랑을 하며 살 수 있는 시간도 충분히 만들어주었다.

노예가 된다 한들, 죽게 된다 한들.

여전히 게임에 빠져서 일은 등한시 한다는 저 철부지 황제만을 전장에 남겨둔 채 도망칠 수는 없었다.

지금 이 순간 살아 숨 쉴 수 있는 건 모두 황제의 덕이니까.

지금 검을 들고 적과 싸울 수 있는 이 힘도 황제가 준 것이니까.

그것이 땀인지 눈물인지 알 수 없었지만 병사들의 표정이 말해주고 있었다.

감사하다고.

그리고 당신만 홀로 남겨두지 않겠다고.

우리가 당신의 백성이듯.

당신은 우리의 황제라고.

당신이 우리를 지킬 의무가 있듯 우리는 당신을 지킬 의무가 있다고.

자신들이 떠난다면 그가 너무 외로울 것 같았기에.

그가 죽는다면 그가 누울 자리에 자신들이 먼저 눕는 것이 순서라는 생각에 병사들은 누구도 이곳을 이탈하지 않았다.

영혼을 불태운다는 게 이런 것일까?

모두의 기세는 순식간에 바뀌었고 마음마저 진정으로 하나가 된 그들은 전장을 휘젓기 시작했다

"당신의 거침없고 당당한 뒷모습이 멋있었습니다."

거친 숨을 몰아쉬는 지후에게 인사를 하듯 마지막 말을 남기며 병사하나가 크롤에게 달려들었다.

"폐하! 우리는 걱정 마시고 싸우세요.

당신이 두려운 것은 적이 아니라 저희들의 생존이겠지요?

하지만 이건 전쟁입니다.

항상 강조해서 말씀하시던 죽고 죽이는!

그러니 폐하께서는 폐하가 할 일을 하시면 됩니다.

언제나처럼 당당하게.

두려움 따위는 모르는 그 멋진 미소를 지으시며.

거침없이 적을 쓰러뜨려 주세요.

폐하가 적을 빨리 쓰러뜨린다면 우리가 살 확률도 늘어나는 것 아니겠습니까?

그러니 어서 저희에게 그 당당한 뒷모습을 보여주세요.

예전에 폐하께서 말씀하셨죠?

뒤는 우리에게 맡긴다고.

폐하의 길에는 전진만 있다고.

그리고 그 길은 함께 가는 거라고.

지금이 바로 폐하께서 전진을 하셔야 할 때입니다.

뒤는 저희에게 맡기시고 폐하는 폐하의 길을 가세요."

"맞습니다!"

"뒤는 저희에게 맡기세요."

"후딱 다녀오세요!"

윌로드는 지후를 향해 열변을 토해내고 있었고 병사들은

월로드의 말에 동조하고 있었다.

자신들을 짐으로 생각하지 말라고.

그리고 어서 자신의 길을 가라고.

'헛되게 산건 아니었나 보네.

저들은 나로 인해 스스로 행동하고 싸우고 있어.

더 이상 저들은 두려움에 얼어있던 애송이들이 아니야.

내 뒤를 지켜줄 든든한 조력자들이다.

믿어주지.

너희가 나를 그토록 믿어주는데.'

지후는 자신의 뒤를 든든히 지켜주고 있는 모두를 바라보며 고개를 끄덕이며 미소를 짓고 있었다.

"꼭 이기고 돌아오마.

그때는 다 같이 술 한 잔 마셔보자."

"한잔이 뭡니까!"

"술의 축제를 한 번 열어봅시다!"

"그래. 그러자꾸나. 모두가 마시고 죽을 수 있도록 축제를 열어 술독에 빠져보자꾸나!"

와아아아아아!

모두가 함성을 질렀다.

지후의 말이 의미하는 바를 알고 있다.

마음 편히 마시고 즐길 수 있는 세상.

그런 세상이 이번 전쟁만 이기면 펼쳐진다.

그렇기에 몸이 움직이는 한 검을 들 수 있는 한 휘둘러야만 했다.

"필사즉생 필생즉사!

죽기를 각오하고 싸우면 살 것이요. 살고자 하면 죽을 것이다.

내가 존경하는 인물이 했던 말이지.

난 죽음을 각오했다. 더 이상 삶에 미련 따위는 없어.

사랑하는 사람과도 후회 없이 살아봤고 원 없이 사랑도 했으니까.

그저 내 죽음이 헛되지 않도록 내가 죽더라도 이 전쟁이 승리로 끝나길 바랄 뿐이다."

수혁이 모두를 향해 외치고 있었고 지현은 그런 수혁을 따뜻한 눈길로 바라보고 있었다.

"우리의 저승길 길동무는 많을수록 좋다! 그래야 희망이 생길 테니까!"

우와아아아아아!

지구만 하더라도 무수히 많은 나라가 있다.

그런데 이지제국은 지구 같은 별이 수백개가량이 모여 있는 초거대 제국이다.

제국이라는 말이 맞을까?

글쎄….

차원전장에 있어서도 전무후무한 기록이다.

그렇게 다양한 종족들이 모여 있는 이지제국이 비로서 하나의 뜻으로 마지막 전쟁에 혼을 불태우기 시작했다.

내일은 없다는 듯이, 지금 이 순간만 살아간다는 듯이 그들은 혼을 불태우며 크롤 족들에게 맞섰다.

달라진 이지제국의 분위기에 압도하며 밀고 들어오던 크롤 족들은 당황할 수밖에 없었다.

방금까지와는 전혀 달랐기에.

그들에게서 느껴지는 기운이, 그 투지가 자신들이 몸을 위축할 정도로 거칠게 뿜어져 나오고 있었으니까.

지후는 병사들을 믿고 잠시 자리에 앉아 가부좌를 틀고는 명상을 하며 기운을 회복했다.

마지막 전투를 준비해야 했기에.

더 이상 길어지면 병사들이 버티지 못할 것을 알기에.

쇄애액~ 푸욱!

털썩.

명상을 하던 지후는 누군가 쓰러지는 소리에 눈을 떴다.

자신의 눈에 보이는 장면이 거짓이었으면 좋겠다는 생각뿐이었다.

눈앞에는 대검에 관통당한 채로 쓰러진 라이오스가 있었다.

대검이 박혀있는 라이오스의 복부에선 끊임없이 피가 쏟아지고 있었고 그의 입가에서도 핏물이 흐르고 있었다.

아마도 라이오스가 자신에게 날아오던 대검을 대신 맞았으리라.

지후는 핏발이 선 눈으로 라이오스에게 다가갔다.

"왜… 왜 이렇게까지…."

"그동안 지켜주셨지 않습니까… 쿨럭. 한번쯤은 저도 폐하를… 지켜드리고 싶었습니다. 쿨럭."

지후는 라이오스에게 내공을 불어넣었고 라이오스는 그런 지후의 손목을 잡으며 자신에게 불어넣고 있는 기운을 멈추게 했다.

"소신이 폐하를 모시는 건 여기까지입니다. 그러니 더 이상 기운의 낭비는 거둬주십시오. 쿨럭 쿨럭."

라이오스는 기침과 함께 피를 토하고 있었고 그런 라이오스의 모습에 지후의 눈가에는 눈물이 그렁그렁 맺히고 있었다.

"부탁…. 하나만 드려도 되겠습니까?"

"무엇이든…."

지후는 눈물이 터질 것만 같아 말을 길게 할 수가 없었다.

"이지제국에 승리를. 모두에게 꼭 자유와 평화를…… 쿨럭 쿨럭."

더는 말이 나오지 않는다는 듯이 라이오스는 힘겹게 지후를 바라만 보고 있었고 지후는 고개를 끄덕이며 말을 했다.

"약속할게. 반드시 이 빌어먹을 세상에… 자유와 평화를 가져올게."

지후의 말이 끝남과 동시에 지후의 팔목을 붙잡고 있던 라이오스의 손이 힘을 잃고 바닥으로 떨어져 내렸다.

지후는 라이오스의 부릅뜬 눈을 감겨주었다.

라이오스를 부르며 울부짖고 싶었지만.

전장을 향해 소리치고 싶었지만 꾹 참고 속으로 삼켰다.

이 분노는.

이 슬픔은.

마지막에 모두 토해내야 하니까.

콰아앙! 쾅! 쾅!

퍼억! 퍽!

퍼어엉! 펑! 퍼엉!

4미터는 될 법한 크롤킹과 지후의 전투는 엄청났다.

아니, 몸서리칠 정도로 슬프고 끔찍했다.

지후의 몰골은 너무나 처참했고 그런 몰골로 움직이는 지후의 모습은 너무나 처절했다.

소울아머조차 영혼력이 다해 해제가 된 상황이었기에 지후는 거의 맨몸으로 싸우고 있었다.

그건 보는 이로 하여금 눈물이 흐르게 만들었다.

하지만 도저히 도울 수가 없었다.

이건 왕들의 전투이기에.

혹시라도 자신들이 전열을 이탈해서 황제를 도우려 했다간 크롤들이 이곳을 뚫을 수도 있기에.

이곳을 사수하며 지후의 뒤를 지키고 있는 게 지후와 병사들이 한 약속이었다.

화면으로나마' 이 전쟁을 지켜보는 모든 이들은 기도하고 또 기도할 뿐이었다.

황제가 승리할 수 있도록 도와달라고.

황제가 승리해야만 자유를 얻을 수 있기 때문이 아니다.

지금 황제가 보여주는 투혼은, 저 처절한 움직임은 너무도 가여웠기 때문이다.

서른도 안 된 황제가 자신들을 위해 몸부림을 치고 있었으니까.

그랬기에 그저 진심으로 황제의 승리를 빌 뿐이었다.

더 이상 황제를 아프게 하지 말아달라고.

서걱.

지후의 어깨가 크롤킹의 대검에 의해 간신히 붙어 있을 정도로 너덜너덜해져 있었다.

지후는 아랑곳 하지 않고 내공을 불어 넣으며 상처를 치료했다.

상처를 치료함과 동시에 지후는 크롤킹에게 달려갔다.

콰아앙!

지후의 주먹이 크롤킹의 복부를 치자 묵직한 충격음이 전장에 울려 퍼졌다.

둘이 공방을 주고받을 때마다 마치 새로운 세상이 창조되듯 땅이 뒤집히고 또 뒤집혔다.

그동안의 전투로 지후의 몸에 새겨진 싸움의 요령이 크롤킹과 공격을 주고받을수록 빛을 발하고 있었다.

막고.

피하고.

흘려보내고.

그 다음은 그동안 무수히 많은 적들을 상대하며 터득한 깨달음을 가득 담고 있는 지후의 주먹이 크롤킹을 힘껏 쳤다.

시간이 흐를수록 일방적으로 밀리던 상황이 역전되고 있었다.

마치 이지제국과 크롤들의 전투가 그랬던 것처럼.

밀리던 지후가 점점 크롤킹을 압박하며 밀어붙이고 있었다.

콰아앙!

크롤킹의 대검을 막은 지후의 양팔은 축 늘어지고 있었다.

지후의 양팔은 강기를 씌우고 있었지만 너무 엄청난 대검의 위력에 양팔이 부러지고 만 것이었다.

양팔이 부러졌건만 지후는 멈추지 않았다.

부러진 양팔을 채찍처럼 휘두르며 크롤킹이 우위를 점할 틈을 주지 않았다.

그저 공격하고 또 공격할 뿐이었다.

크롤킹과 지후는 누구나 물러서지 않았다.

어차피 물러설 수도 없는 싸움이었지만 둘의 전투는 너무나 치열했다.

지후는 지금 의식이 없었다.

어느 순간부터 의식이 날아간 채로 싸우고 있었기 때문이다.

크롤킹의 공격에 의식이 날아갔지만 지후의 육체는 쓰러지는 것을 거부했다.

그동안 험난했던 지후의 삶을 가장 잘 알고 있는 것은 지후의 육체였기에.

지후의 육체는 자신의 몸에 쌓인 경험을 활용해 새로운 경지를 개척하기 시작했다.

그런 지후의 온몸은 무기였고 흉기였다.

전신의 어디든 가리지 않고 사용해 공격을 하고 있었다.

최소한의 움직임과 전신을 사용하는 체술은 그동안 보여준 완벽하다고 생각했던 지후의 체술이 더욱 발전할 여지가 있다는 사실을 보여주고 있었다.

어느 순간 정신이 돌아온 지후는 의식이 없는 동안 자신이 크롤킹을 어떻게 공격했는지 되새겼다.

이정도로 격렬하게 싸웠다면 몸이 힘들기 마련인데 생각보다 전혀 힘들지 않았다.

의식이 없던 지후의 몸은 최소한의 움직임과 효율적인 힘의 운용으로 움직였기에.

지후는 자신이 의식을 잃었던 동안의 움직임을 흉내 내며 싸워보자 알 수 있었다.

그렇게 깨달음을 되새기며 무아지경에 빠진 지후는 자신의 몸에 새겨진 경험들이 가장 효과적인 움직임으로 상대를 공격하고 있다는 사실을 알 수 있었다.

상대를 때리는 데에는 기교도 초식도 다 필요 없었다.

그저 가장 효과적으로 때리면 그만이었다.

상대를 아프게 하고 죽일 수 있으면 그만이었다.

지후의 육체는 그렇게 훈련받았으니까.

지금의 움직임을 되새기자 그동안 자신이 완성시키지 못한 천왕삼권의 삼식이 지금의 움직임에 어느 정도 녹아 있다는 사실을 깨달을 수 있었다.

무의식중에 얻은 깨달음을 갈무리한 지후는 드디어 자신의 최후의 초식이 완성되었음을 느꼈다.

크롤킹과 지후는 서로를 노려보고 있었다.

이제는 끝을 내자고.

눈빛으로 마지막을 예고하고 있었다.

크롤킹의 어깨는 격렬하게 움직이며 거친 숨을 삼키고 있었다.

이게 마지막이라는 듯 크롤킹의 대검은 비명을 지르듯 떨리며 검붉은 강기를 한 점으로 모으고 있었다.

지후도 넝마가 된 몸을 간신히 일으켜 세우며 자신의 모든 기운을 오른 주먹에 모으고 있었다.

지후는 마지막이기에 자신의 선천지기까지 끌어 쓰며 주먹에 자신의 모든 기운을 담고 있었다.

쿵쾅쿵쾅!

타다다탁!

지후와 크롤킹이 서로를 향해 내달리기 시작하자 지축이 울리고 있었다.

순식간에 서로에게 다가간 크롤킹과 지후는 마지막 공격을 시도했다.

크롤킹의 대검이 지후를 향해 내려쳐지고 있었고 지후는 그걸 보면서도 주먹을 뻗지 않고 있었다.

순간 지후의 몸이 흐릿해지더니 한 번 더 땅을 박차고 도약하며 크롤킹의 품안으로 파고들어갔다.

크롤킹은 설마 지후가 자신의 대검을 피하고 더욱 파고들 거라곤 생각하지 못했다.

그럴 기운이 남아 있을 거라곤 생각하지 못했기에.

이미 내리치고 있는 자신의 대검을 회수하기에는 너무 늦어 버렸다.

순식간에 주먹이 닿을 거리로 접근한 지후는 마지막 공격을 펼쳤다.

"천왕삼권 제 삼식! 무극(無極)!"

부아아악!

북이 찢어지는 듯한 소리가 지후의 주먹이 닿은 크롤킹의 복부에서 들려오고 있었다.

그 소리는 지후의 주먹이 닿은 자리를 기점으로 점점 전신으로 퍼져나갔다.

소리와 함께 크롤킹의 육신은 생기를 잃고 갈라지며 해체되고 있었다.

핏물이 뚝뚝 떨어지며 바닥에 착지한 지후의 전신을 물들이고 있었지만 지후는 아무런 움직임이 없었다.

마지막 기운을 쥐어짜 날린 일격이기에 지금은 손가락을 까딱할 힘조차 남아 있지 않았다.

지후의 마지막 일격엔 그동안 힘들게 얻었던 그 어떤 깨달음조차 담겨 있지 않았다.

모든 걸 비운, 아무것도 담고 있지 않는 일격이었다.

그저 육체에 새겨진 본능이 최적의 궤적으로 움직이며 날린 최후의 일격이었다.

때론 기교나 초식보다, 그 어떤 깨달음보다 본능이 앞서기에.

모든 걸 얻었던 자가 모든 걸 비워야만 얻을 수 있는 최후의 일격이 바로 무극이었다.

전신에 적의 피를 흠뻑 뒤집어쓴 모습.

평소라면 그 모습이 너무나 섬뜩해 보였겠지만 지금 이 순간만큼은 아니었다.

너무나 아름다웠다.

그가 얼마나 열심히 싸웠는지.

모두가 알고 있기에 그 모습은 너무나 아름다워 보였다.

빛과 함께 크롤킹이 사라지자 크롤 족들은 모두 지후를 향해 무릎을 꿇었다.

그 모습과 함께 전장엔 엄청난 함성이 울려 퍼졌다.

"자유다!"

"이제 끝이야!"

"집으로 돌아갈 수 있어!"

우와아아아아아아!

저마다 한마디씩 하며 분위기는 순식간에 축제가 되기 시작했다.

병사들이 환호성을 지르고 있을 때 지후는 선택의 순간을 맞이하고 있었다.

바로 가이아가 말했던 10승 후에 자신이 해야만 한다는 선택의 순간이었다.

답은 뻔했다.

그동안 함께 싸운 백성들을 버리고 지구인들만 데리고 평화롭게 살 생각은 없었다.

고통도, 즐거움도 함께 나눴기에 앞으로 이 선택이 잘못되어 시련을 겪더라도 함께 이겨낼 생각이었다.

그들은 모두 자신의 백성이자 가족이었으니까.

자신이 이 전쟁을 승리할 수 있었던 가장 큰 원동력이었으니까.

그랬기에 지후는 모두와 함께 살아갈 생각이었다.

더 이상 종족이 다르다는 건 아무런 의미가 없었으니까.

그저 겉모습이 다를 뿐.

이미 마음은 하나가 되었으니까.

지후는 생각했던 대로 선택을 마치고 눈을 떴다.

찰나의 순간에 벌어진 찰나의 선택이었지만 후회는 없었다.

크롤킹을 죽이고 얻은 영혼력으로 지후는 자신의 몸을 어느 정도 치료하며 기력을 회복했다.

"모두 들어라!"

지후의 사자후가 전장으로 퍼져나가자 환호성을 지르며 축제에 빠졌던 병사들은 모두 침묵에 휩싸인 채 조용해지며 지후를 바라보고 있었다.

"우리는 승리했다. 이제 돌아가 가족을 만나고 자유를 누릴 수 있다."

지후의 말은 분명히 기쁜 소식을 알리고 있었지만 어딘가 쓸쓸한 음성이었다.

"힘들겠지만 너희에게 명령을, 아니 부탁을 하겠다. 우선은 우리가 이 자리에서 승리의 기쁨을 누릴 수 있도록 도와준 전우들의 시신을 챙겼으면 한다. 그들의 희생이 없었다면 지금의 우리도 없었을 것이기에, 난 축제를 잠시 미루고 그들의 시신을 수습했으면 한다! 이제는 우리와 함께 할 수 없지만… 그들의 유가족들에게 충분한 보상과 성대한 장례식을 치러주고 싶다. 축제는 그 후에 했으면 싶다. 이건 명령이 아닌 부탁이다."

병사들은 왜 지후의 음성이 쓸쓸하게 들렸는지 이제야 눈치 챌 수 있었다.

그리고 자신들이 모시는 황제폐하가 얼마나 괜찮은 사람인지 새삼 다시 느낄 수 있었다.

어리지만 존경하기 부족하지 않은 분이 바로 황제 폐하였다.

자신들은 그저 승리의 기쁨에 취해서 환호성을 지르고 있을 때 황제폐하는 희생된 전우들을 생각하고 있었다.

어찌 그런 황제의 부탁을 거절하겠는가?

아니, 자신들이 먼저 나서서 했어야 할 당연한 일이었기에 그걸 부탁한 황제폐하에게 죄송스러울 뿐이었다.

지후의 말이 끝나자 모든 병사들이 지후를 향해 무기를 내리고 한 쪽 무릎을 꿇고 있었다.

그리고 벌어진 입에서는 한 가지 단어만이 나오고 있었다.

"추우웅!"

엄청난 소리가 전장에 메아리치고 있었다.

병사들은 일사천리로 동료들의 시신을 수습했다.

그리고 지후가 열어 준 게이트를 통해 이지제국으로 귀환했다.

지후도 황궁으로 발 빠르게 달려가고 있었다.

아영과 소영을 빨리 보고 싶었기 때문이다.

게이트를 통과함과 동시에 전력으로 달려가 침실의 문을 박찬 지후는 자신의 두 눈에 들어오는 아영과 소영을 향해 양팔을 벌렸다.

그러자 아영과 소영이 전력으로 달려와 지후에게 안겼다.

"돌아왔어. 나 약속 지켰으니까 애들한테는 꼭 책임감 있는 아빠라고 말해줘."

두 사람은 눈물을 흘리며 지후의 품으로 파고들었다.

다시는 떨어지지 않겠다고 다짐하며.

지후도 그런 아영과 소영의 마음과 같았기에 두 사람을

더욱 꼭 껴안았다.

　이들의 온기가 자신이 살아있음을, 승리했음을, 돌아왔음을 실감나게 만들어 주고 있었다.

48. Epilogue

48. Epilogue

이지제국은 그토록 바라던 자유를 얻었다.

마지막 전쟁이 끝난 지 3년이 흐른 지금 이지제국은 차원전장 최고의 국가였다.

이지제국을 향해 무기를 겨누려는 정신 나간 종족들은 더 이상 차원전장에 없었다.

굳이 전쟁이 아니더라도 모두가 이지제국을 피했기에 이지제국은 어려움 없이 차원전장에서 살아가고 있었다.

이곳엔 엄청난 영토와 무한한 자원이 있기에 이제는 대부분의 지구인들도 이지제국에서 살고 있었다.

맑은 공기와 오염되지 않은 토양이 함께 하니 지구에서

보다 훨씬 건강하게 오래 살 수 있었기 때문이다.

지금의 지구는 관광지로 쓰인다는 게 맞을 것이었다.

이지제국에 있는 수많은 종족들은 지구로 관광을 가는 것을 좋아했다.

그들에겐 지구로 가는 게이트가 해외여행이었고 공기가 바뀌는 것만으로도 색다름을 느꼈기 때문이다.

모두가 그토록 바라던 평범한 일상.

가족과 마음 편히 식사를 할 수 있는 집.

아이들이 안전하게 뛰어 놀 수 있는 곳.

한때는 상상도 할 수 없었던 그 일이 지금 이지제국의 일상이었다.

나아가 모든 백성들에게 평범한 삶을 알려줄 학교들이 속속 문을 열었다.

어린 아이들에게 마음껏 배우고 뛰어 놀 수 있는 꿈같은 환경이 전쟁을 이겨낸 이지제국에서 가능한 일상이었다.

물론 모두가 이런 평화로운 세상에 적응을 하고 잘 사는 건 아니었다.

우선 현모양처의 삶을 살고 있는 윌슨의 모습은 안구에 습기가 가득 차도록 만드는 삶이었다.

왜 현모양처냐고?

현재 모양이 처량하기 때문이었다.

왜냐고?

지후는 전쟁이 승리함과 동시에 윌슨의 지위부터 박탈했다.

가정에 충실하라며.

윌슨은 노발대발하며 영국왕실로 돌아갔지만 영국왕실에서 돌아온 대답은 싸늘했다.

그럴 만도 한 게 사돈이 되는 집안이 이지제국의 황실이었다.

영국은 발톱의 때조차 되지 않는.

그런 곳의 사위가 된 윌슨이 너무나 막살고 있었기에 영국왕실은 가정에 충실하라며 윌슨을 내쫓았다.

그렇게 윌슨이 갈 곳은 어디에도 없었고 유일하게 자신을 내치지 않은 지수의 품으로 가야만 했다. 하지만 집으로 돌아갔을 땐 지수의 싸늘한 손톱을 맞이해야 했다.

그간 행실이 워낙 좋지 않았기에.

워낙 삶을 장난스럽게 살았기에.

가정을 소홀히 하고 밖에서 놀기만 했던 그는 전쟁이 끝난 시점부터 가정에 충성하는 삶을 살고 있었다.

지금 그는 홀로 집안일을 담당하며 훌륭한 전업주부의 삶을 살고 있었다.

수혁은 여전히 지현의 기에 눌려서 찍소리도 못하고 살고 있었지만 나름 행복하게 살고 있었다.

윌슨에 비하면 대접받고 사는 삶이랄까?

물론 결혼 후 5년 만에 얻은 쌍둥이를 돌보느라 정신없는 삶이지만.

대부분의 육아를 홀로 하고 있었지만 지현이 빨래 정도는 해주고 있었기에 윌슨보다 조금은 나은 삶이었다.

그리고 마지막으로 지후는….

힘들게 살고 있었다.

아영이 낳은 아들은 총명했다.

너무나.

아무리 자신의 아들이지만 너무나 뛰어나고 똑똑한 아들은 지후에게도 부담스러웠다.

질문 하나하나가 심상치 않았기에.

지후는 자신의 아들이 조금만 자란다면 충분히 자신의 자리를 잘 물려받을 수 있을 거라 생각했다.

그리고 자신의 아들의 집사로 폴을 붙여주었다.

폴은 상당히 똑똑하고 뛰어난 인재였기에.

다음 세대 황제를 모시게 된 폴은 따뜻한 눈빛으로 황태자를 보필했다.

그리고 소영이 낳은 딸은….

지후가 상상했던 것과 같은 모습이었다.

아니 과거 무림에서 낳았던 딸과 같은 모습이었다.

물론 차이점이 있었는데 엄청난 말괄량이였다.

딸과 하루만 놀아주면 지후의 무한한 체력이 다 떨어져

녹초가 됐으니 말이다.

물론 그런 것보다 가장 힘든 건 같은 질문에 색다른 대답을 해야 하는 것이었다.

둘도 힘들었는데 이젠 셋이었다.

왜냐고?

검후 곽수연이 지후의 세 번째 부인이 되었기 때문이다.

전쟁이 끝남과 동시에 검후는 검을 버리겠다 선언하고 신부 수업을 했다.

이씨 집안에 들어오는 조건에 요리 실력이 포함 되는지는 모르겠지만 수연의 요리 실력 또한 암담했다.

칼질은 누구보다 잘하는 데 모양은 참 잘 내는데….

누구도 먹을 수 없었다.

그리고 지금 세 부인이 출산을 앞두고 있었다.

두 부인들은 두 번째지만 수연은 첫 출산이었다.

"지후씨!"

"오빠!"

"가가!"

곳곳에서 지후를 부르고 있었다.

여기서 누구하나 소홀하게 대해선 안 된다.

분만실로 들어가 아이를 낳는 부인의 손을 잡아주어야 하지만 엄두가 나질 않았다.

왜 하필 같은 날 모두 아이를 낳는 것인가?

세 사람과의 관계에서 누구하나 소홀하게 대할 수 없었기에 벌어진 참사였다.

　머리채를 잡히는 고통은 황태자와 공주를 낳을 때 겪어 봤기에 지후의 발길은 쉽사리 분만실로 향하지 않았다.

　분만실 밖까지 들려오는 세 부인의 고통에 가득 찬 비명소리. 자신의 이름을 부르는 음성에서 지독한 분노가 느껴졌기에 지후는 바닥만을 뚫어지게 바라보며 두려움에 몸을 떨었다.

　세 부인의 분노한 음성에 지후는 너무나 두려웠지만 이 또한 전쟁이 끝났기에 누릴 수 있는 행복이라고 생각하며 결연한 의지로 분만실의 문을 열었다.

〈완결〉

작가 후기.

작가 후기.

오늘로 권왕의 레이드가 완결되었습니다.

그동안 권왕의 레이드를 읽어주신 독자 분들에게 무한한 감사를 드립니다.

저는 권왕의 레이드를 쓰기 전 조그만 사업도 해보고 회사도 다녀봤습니다.

그러다 마침 회사를 관둔 시점에 문피아 공모전을 발견하게 되었고 공모전에 참가하게 되었습니다.

그동안 저의 낙이었던 글을 직접 쓰게 되었지요.

권왕의 레이드는 저의 처녀작입니다.

그랬기에 부족한 점도 참 많은 작품이었습니다.

이 처녀작이 참 말도 많고 탈도 많았지요.

첫 작품이 과분하게도 많은 분들의 관심과 사랑을 받아 집필하는 동안 하루하루 너무나 기분이 좋았습니다.

그리고 제가 똥인지 된장인지 꼭 먹어봐야 하는 성격이라는 걸 이 글을 통해 알게 되었습니다.

그렇게 많은 실수를 하며 독자 분들에게 질책을 받기도 했었습니다.

저는 앞으로 그 질책들이 저를 키워줄 양분이라고 생각했기에 그 어떤 댓글도 삭제하거나 하지 않았습니다.

그런 질책들이 저를 조금 더 성숙한 글쟁이로 만들어 주었고 덕분에 해서는 안 되는 것이 어떤 것이라는 걸 배울 수 있었기 때문입니다.

저는 앞으로도 계속 글을 쓸 생각입니다.

여전히 작가라는 단어는 저에게 낯설지만 설레기도 하는 단어입니다.

사업을 할 때도, 회사를 다닐 때도 항상 답답한 마음이었습니다.

하루하루 똑같은 삶을 사는 게 무척이나 지루했습니다.

그래서 저는 소설을 읽는 걸 참 좋아했습니다.

답답한 가슴을 뻥 뚫어주는 청량함이 있었으니까요.

권왕의 레이드를 집필하며 저는 전업 작가가 되었습니다.

큰 욕심은 없습니다.

그저 오랫동안 글을 쓰고 싶을 뿐입니다.

무엇보다 제가 하고 싶은 일을 하게 되니 지루하기만 하던 일이 재미가 있었습니다.

좋아하는 일을 하면서 먹고 산다는 것.

이건 정말 축복이라고 생각합니다.

앞으로 제가 독자 분들을 얼마나 만족시켜드릴 수 있을지는 저도 모르지만 두 가지는 약속드리겠습니다.

연중 없이 성실연재 하겠습니다.

그리고 언제나 전작보다 조금이라도 나은 차기작으로 찾아뵙도록 하겠습니다.

지금 준비 중인 차기작은 빠르면 이번 주, 늦어도 다음 주 내로 연재를 시작할 계획입니다.

그러니 며칠간은 선작을 삭제하지 마시고 기다려 주세요.

제가 차기작이 시작되면 선작 쪽지로 알려드리겠습니다.

다시 한 번 권왕의 레이드를 읽어주신 독자 분들에게 감사드립니다.

전작보다 나은 차기작으로 찾아 뵐 것을 약속드리며 이만 줄이도록 하겠습니다.

감사합니다.

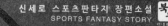

신세로 스포츠판타지 장편소설
SPORTS FANTASY STORY

# 리턴 에이스
Return Ace

500홈런을 달성한 에이스 타자, 윤주혁.
한국인 최초로 명예의 전당에 오른 날.
영문도 모른 채 28년 전으로 돌아오다!

## '내가 꿈을 꾸고 있나?'

100마일을 넘나드는 강속구.
조금의 피로도 느끼지 못하는 강철 체력.
그리고 전성기 시절의 타격 실력까지!

## 과거로 돌아온 에이스.

그런 그에게 주어진 천금 같은 기회.
윤주혁, 메이저리그 투타 겸업의 신화를 쓰다